KB260810

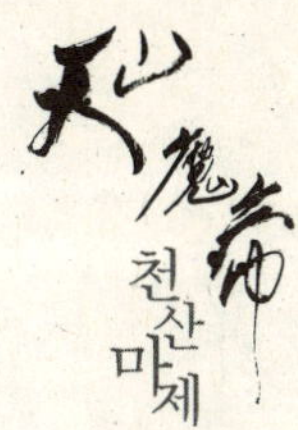

天山魔神

천산마제

일륜 新무협 판타지 소설

FANTASTIC ORIENTAL HEROES

천산마제 8

일류 新무협 판타지 소설

초판 1쇄 찍은 날 § 2010년 11월 24일
초판 1쇄 펴낸 날 § 2010년 11월 30일

지은이 § 일류
펴낸이 § 서경석

편집팀장 § 서지현
편집 § 어정원

펴낸곳 § 도서출판 청어람
등록번호 § 제1081-1-89호
등록일자 § 1999. 5. 31
어람번호 § 제2-2009호

주소 § 경기도 부천시 원미구 심곡2동 163-2 서경B/D 3F (우) 420-822
전화 § 032-656-4452 팩스 § 032-656-4453
http://www.chungeoram.com
E-mail § chungeoram@chungeoram.com

ⓒ 일류, 2010

ISBN 978-89-251-2365-3 04810
ISBN 978-89-251-2081-2 (세트)

천산마제
魔帝
8
천마, 곤을 얻다
일륜 新무협 판타지 소설
책어람

目次

第一章
신녀의 선택

천상마제

"십절에 이어 아이들까지 실패해서 강호는 난리가 났네. 사마중경을 건드려 여의단이 우릴 찾아 나서게 됐고, 그 자리에 함께 있던 천마도 혈교를 움직일 것이며, 검왕과 도왕의 정검련과 묵도까지 모습을 드러낼 모양이네. 후후후. 이래서야 어디 오백 년 전과 조금도 다르지 않잖은가? 천불, 지심, 어떻게 생각하나?"

청죽림주는 높지도 낮지도 않은 목소리를 내며 천불노인과 지심대인을 돌아봤다.

천불노인과 지심대인은 청죽림주를 의아한 표정으로 바라볼 뿐 이렇다 할 설명을 덧붙이지 않았다. 마치 청죽림주가 왜 그런 걱정을 하는지 모르겠다는 표정들이었다.

“백 년이 지나도 그 철두철미한 성격은 변하지 않을 모양이군, 청죽. 나는 이번 일, 괜찮다고 생각하네.”

지심대인은 낮게 숨을 내쉬며 앞에 놓인 찻잔을 집어 들고는 한 모금 마신 후 말을 이었다.

“천산도 못 내려오는 것들을 언제까지 기다리고 있을 텐가? 차라리 이번 일을 계기로 천좌의 후예 셋이 오백 년 전처럼 등장해서 강호를 쓸어버리는 것도 좋지 않을까?”

“흘흘. 아니지, 아닐세, 지심. 거기서 멈추면 재미가 없어. 강호를 피바다로 만든 삼천좌가 어느 날 갑자기 사라지는 걸세. 그리고 그들을 사라지게 만든 세 명의 영웅이 등장하는 거지. 소흘류의 전인들이. 바로 우리가 말일세.”

천불노인은 평소에 해둔 생각인지, 지금 방금 떠오른 생각인지 알 수 없는 표정을 지으며 빠르게 지심대인의 말을 받았다.

그러자 세 사람 사이에 묘한 분위기가 형성됐다.

이백여 명의 좌위를 잃었지만 천불노인의 말대로 하면, 그 또한 세 사람의 예정된 수순에 들어 있던 것 같은 까닭이다.

“좋군.”

지심대인이 흡족한 표정을 지었다.

“결과만 기억하는 바보들의 집단인 강호를 그렇게 장악한다? 후후후. 아주 좋네, 천불.”

“흘흘. 그것이야말로 소흘류를 만드신 사조의 뜻을 잇는 것이지.”

천불노인은 만족스러운 웃음을 지었다.

세 사람의 사조를 기억하는 사람은 현 강호에 한 명도 없다고 해도 과언이 아니었다. 하나 세 사람은 아주 어릴 때부터 사부를 통해 사조의 위대함을 뼈에 새기며 자라왔다.

"너희들은 알아야 한다, 강호는 끝까지 살아남은 자들만 기억한다는 것을. 아주 잘못된 일이지. 암! 천좌가 어째서 그들 다섯에게 쫓기게 됐는데! 사조께선 천좌와 삼 일 낮밤을 싸우셨다. 당연히 엄청난 내공을 소모하게 만드신 거지. 하나 강호는 사조님을 기억하지 않는다. 그 자리에 계시지 않았기 때문이지. 너희들이 알려주어라. 소흘류가 어떤 무공인지, 왜 천좌가 사조님과 삼 일 낮밤을 싸워야 했는지!"

사부는 언제나 사조에 대한 경외심을 표현하지 못해 안달을 했다. 그렇게 한 해, 두 해가 지나 세 사람은 스무 살이 됐다. 그때는 이미 그들의 머릿속이 완전히 세뇌된 후였다.

사조의 위대함을 모르는 배은망덕한 강호를 벌하라.

천산 저편으로 사라졌던 천좌가 돌아오면 반드시 꺾어서 소흘류야말로 천하제일무공임을 증명하라.

사조인 반공대제(半空大帝) 늑윤이 죽기 전에 제자에게 남긴 유지라고 했다. 자신의 몸을 살펴보면 천좌의 무공을 모두 알 수 있을 것이라는 말과 함께.

늑윤의 무공은 꾸미지 않은 순수함의 결정체랄 수 있는 소(素)

와 소가 우뚝 설 수 있게 해주는 흘(屹)이 전부였다.

그러나 그 두 가지 원리가 만나는 순간 세상은 뒤집어질 수밖에 없었다. 한 번만 싸우면 상대의 모든 무공은 소흘의 영역을 벗어나지 못하기 때문이다.

늑윤의 별호가 반공대제인 이유가 거기에 있었다. 반은 비워두고 나머지 반은 상대의 무공으로 완성된다. 그러기에 소흘류는 언제나 새로운 형태로 발전할 수밖에 없는 것이다.

늑윤의 몸에서 얻어낸 무공은 모두 열 가지.

내부는 백지로 만들고 그림은 천좌의 무공으로 만들어졌다. 천좌에게 죽은 수많은 고수들의 몸이 그것을 가능하게 해주었다.

십절이 그렇게 만들어졌고, 천지인급 좌위들이 그렇게 만들어졌다.

"청죽, 살아 돌아왔다는 아이 좀 부르게. 폭렬공을 익힌 녀석들이 이백이나 죽었다면 사마중경과 천마의 무공이 형을 갖추기엔 모자람이 없을 것 같은데?"

지심대인이 흥미 가득한 눈으로 청죽림주를 쳐다봤다.

둘 중 한 사람만 지심대인의 뜻에 동조해 주면 나머지 한 명은 무조건 따라야 한다. 그것이 지금까지 세 사람이 함께 움직일 수 있는 원칙이었다.

"형(形)은 모르지만… 천마가 사마중경의 뇌전창에 손이 뚫렸다고는 하더군."

"좌위들이 아니라 사마중경의 뇌전창에?"

　지심대인은 청죽림주의 엉뚱한 대답에 고개를 미미하게 기울였다. 좌위 이백 명은 천마와 사마중경을 동시에 공격했다고 했다. 그런 경우라면 두 사람이 싸우는 것이 아니라 협력을 했어야 옳은 상황인 까닭이다.

　"제자에게 딸려 보냈던 그림자의 보고이니 정확할 걸세. 좌위들은 폭렬공으로 무장을 했음에도 그들 둘에게 직접적인 피해는 주지 못했다고 하네."

　"흘흘. 사마중경의 무공이 그동안 더 강해진 모양이군. 예전에도 굳이 부딪치고 싶지 않은 자였는데……."

　"천불, 좋지 않나? 사마중경과 천마가 싸워준다면 더할 나위 없지. 우리는 우리대로, 놈들은 놈들대로. 어떤가?"

　"후후후. 그것이 그리 간단하지 않네, 지심."

　청죽림주가 고개를 절레절레 흔들어 지심대인의 제안을 일축시키고는 말을 이었다.

　"천마란 자… 사마중경의 뇌전강기를 맨손으로 막았다고 하더군. 그 무시무시한 것을 말이야."

　청죽림주는 마치 용악과 사마중경의 싸움을 지켜보기라도 한 사람처럼 생생한 표정을 지었다.

　"맨손?"

　지심대인이 믿기지 않는 표정으로 되물었다.

　"흘흘. 청죽, 자네 말은 마치 천마란 놈이 사마중경과 마찬가지로 초절정고수라는 뜻인가?"

　오십 년 전에 사마중경의 뇌전창을 직접 받아본 천불노인의 눈에 이채가 번뜩였다. 거의 동시에 그의 옆에 있던 지심대인의 눈동자도 깊숙이 안으로 파고들어 갔다.

'단야의 설명이 모자랐던가? 아니면 겨우 몇 달 사이에 그리 될 리가 없는데……'

천불노인은 북단야로부터 천마에 대한 얘길 들었다.

모욕을 당한 뒤에 찾아왔으니 부풀리거나 할 리가 없었다. 하나 북단야는 천불노인이 보여준 운외반간이라면 천마를 상대할 수 있을 거라 했다.

'확인해 보면 알겠지. 천마라……'

천고에 없는 자질을 가졌다고 해도 겨우 몇 달 만에 초절정 고수가 되는 것은 어불성설이었다. 이미 그 경지에 이르지 않았다면.

천불노인의 생각이 조금 더 번지려 할 때였다.

"요요, 돌아왔다는 내 제자네. 그 아이와 함께 보냈던 천급 좌위 중 적혼이 있네. 어떻게 죽었는지 아나? 그 아이가 천마의 부하 중 한 명과 싸우다 갑자기 일어난 빛무리에 노출됐는데… 그만 재로 화했다네."

"재?"

"더욱 놀라운 것은 그 아이의 전신은 이미 소흘지신체로 화한 뒤라는 것일세."

"변한 뒤라고? 놀랍군."

지심대인이 딱딱한 어조로 말을 받았다.

"흘흘. 그리 놀랄 일도 아니구만. 소흘지신체? 그건 듣기 좋으라고 붙여준 것이고. 우리의 소흘지체와는 근본적으로 다르지 않나? 천마나 사마중경이라면 능히 그렇게 만들고도 남겠지. 그 아이가 알고 있는 것은 하나밖에 없겠지?"

"그 이상 가르치는 건 무리였네."

지심대인은 고개를 가로저으며 청죽림주를 돌아봤다.

청죽림의 요요만이 살아남았기에 다른 걸 익히고 있는지 묻는 눈빛인 것이다.

"요요, 그 아이 역시 익힌건 하나뿐일세. 그런데도 살아 돌아올 수 있었던 것은 딸려 보낸 그림자들 때문이지. 아까운 아이거든……."

청죽림주는 손을 내저으며 대답하고는 수염을 쓰다듬었다. 요요에 대해 말을 하려 하자 절로 웃음이 나오는 것은 어쩔 수 없었다.

청죽림주의 표정이 생각만으로 달라지자 천불노인과 지심대인의 눈에 이채가 떠올랐다 사라졌다.

"흘흘. 이름에서 그럴 것 같았지."

"어지간히 마음에 든 모양이군. 들을 이야긴 다 들었으니 굳이 자네 제자를 볼 이유는 없을 것 같고… 우리가 더 알아야 할 일이 없다면 이만 일어났으면 하네."

천불노인과 지심대인은 이미 돌아갈 곳을 없앤 상태였다. 당연히 어딜 가려는 두 사람을 청죽림주는 의아한 눈으로 쳐다봤다.

지심대인은 그런 청죽림주를 보고 다시 입을 열었다.

“그동안 세상이 어떻게 변했으려나······.”

앞아서 강호의 모든 동정을 살피는 사람이 모를 리가 없었다. 직접 움직여야 할 일이 생긴 모양이다.

그제야 청죽림주의 입가엔 웃음이 감돌았다.

“흘흘. 그럼 나도 잠시 바람이나 쐬고 올까나.”

천불노인은 지심대인의 반응에 희미한 웃음과 함께 혀를 찼다.

“다들 볼일이 생각난 모양이군. 어차피 나도 확인해야 할 일이 있으니, 내달 이맘때쯤 다시 보기로 하세나.”

청죽림주의 제안에 천불노인과 지심대인은 미미하게 고개를 끄덕이고는 자리에서 일어났다.

천불노인과 지심대인이 떠난 뒤 청죽림주는 잠시 창밖을 바라보다 비녀에게 요요를 부르라고 명령했다.

“부르셨습니까?”

잠시 후, 며칠 전에 비해 부쩍 수척해진 요요가 방으로 들어섰다.

“당분간 자리를 비워야겠다. 내가 없는 동안 저 녀석들 먹이 좀 주고 있어라.”

청죽림주는 창밖의 연못을 가리켰다.

“예.”

“어딜 가는지 물어보지 않느냐?”

“제가 어찌 감히······.”

"사마중경에게 다녀오려 한다."

"……!"

요요는 급히 숨을 참으며 굳어진 얼굴로 청죽림주를 쳐다봤다.

"왜 그러느냐?"

"아, 아무것도… 제가 혹시 형산에서 있었던 일 중에 보고하지 않은 일이 있는지 생각했습니다."

"이미 다 들었다."

'그런데도 혼자서 가시겠다는 겁니까?'

요요는 하고 싶은 말이 목까지 차올랐으나 차마 꺼내지 못했다. 하나 그 눈을 읽지 못할 청죽림주가 아니었다.

청죽림주는 피식 웃음을 짓고 말았다.

"네가 그동안 오해를 하고 있구나. 사마중경을 살려둔 것은 때가 무르익지 않아 내버려 둔 것이지, 놈의 무공이 강해서가 아니니라."

"오, 오해하지 않았습… 헉!"

말을 더듬던 요요의 얼굴이 위로 치켜 올라갔다.

어느새 청죽림주의 손이 요요의 머리칼을 휘어잡고서 내려다보고 있었다.

"이런 점이 너를 버리지 못하게 하지."

청죽림주는 손을 불쑥 요요의 가슴으로 넣었다.

긴장으로 인해 수축된 탓에 기분 좋은 감촉이 손에 전해졌다.

　‘지심은 권왕에게 갔을 테고… 천불은 누구에게 갔을까? 검왕? 도왕? 아니면… 천마?’

　청죽림주는 비 맞은 새처럼 몸을 떠는 요요를 뒤에서 안으며 웃었다. 그를 미치게 만드는 떨림이 요요에게서 전해졌다.

　‘벗어나고 싶으냐? 하나 네겐 그런 힘도 의지도 없잖느냐? 그럼 순응해야지. 이렇게.’

　와락!

　청죽림주의 손이 요요의 가슴을 억세게 주물렀다.

　요요는 입술을 물어 비명이 나오려는 것을 막았다.

　그런 그녀의 모습은 청죽림주에게 희열을 안겨주었다. 얼마 후의 강호가 바로 그녀와 다를 바 없게 될 것이기에.

　"후후후."

　청죽림주의 나직한 웃음이 서서히 방 안을 채워갔다.

＊　　　＊　　　＊

　부용은 죽영과 함께 새벽바람을 맞으며 용화산 정상에 섰다. 능선을 따라 만들어진 길 덕분에 신법을 펼칠 필요도 없이 느긋하게 올라올 수 있었다.

　"이렇게 보니 정말 용 같기는 하네."

　부용이 시선을 멀리까지 던져 용호산을 한눈에 담고는 혼잣말을 했다.

　"그런 것도 같다. 한데… 그런 걸 감상할 네가 아니잖아. 왜 그래?"

"뭐? 나도 경치 좀 감상하면 안 되냐?"

"아니, 안 되는 건 아닌데… 평소의 너답지 않게 너무 일찍 일어난 것도 그렇고, 내버려 두면 시라도 읊을 것 같은 것도 그렇고. 이상하잖아."

"잠자리가 낯설어서 그래."

"낯… 설어?"

죽영은 부용이 낯설다는 말을 알고 있다는 사실이 의외라는 표정으로 되물었다.

"그만해. 그나저나 생각 밖이야."

"뭐가?"

"이곳 사람들 말이야. 이틀 동안 지켜봤는데 생각보다 괜찮잖아."

"생각보다? 어떤 생각을 했는데?"

"혈교에 대한 소문들이 많잖아. 그들이 정파인들을 어떻게 죽였냐느니 사람의 피를 흡수해 마공을 완성한다느니."

"그야 소문이고, 우리가 본 마제는 그럴 분이 아니었잖아. 뭐, 검왕께서 계셔서 그랬을 수도 있지만."

"혈교의 주인이면서 전혀 마인 같지 않다니, 이상한 분이라니까."

부용의 입에서 뜬금없는 말이 나왔다.

죽영은 정군산에서 봤던 용악의 이면에 대해 말하고 있는데 부용은 거기에 대해선 아무 생각이 없는 모양이다.

‘그러는 네가 더 이상해.’

죽영은 하늘을 붉게 태우며 다가오는 여명을 보다 한쪽 눈을 찡그렸다. 평소의 부용답지 않은 설렘이 목소리에서 느껴진 까닭이다.

목구멍에 가시가 걸린 것처럼 간질거리는 느낌이 죽영에겐 너무도 쉽게 전해져 왔다.

“그래도 대책은 세우고 계시겠지?”

“대책? 아! 그들?”

“그래, 십천좌.”

“나도 이곳으로 오기 전엔 그럴 거라 생각했다. 한데 막상 이곳에 와서 이 사람, 저 사람을 만나보니 생각이 바뀌었다.”

“어떻게?”

“어쩌면 마제께선 그들을 상대할 생각이 없을 수도 있겠다는.”

“왜?”

“검왕께서 하신 말씀 기억 안 나? 그들은 세력이 아니라고 하셨잖아. 한데, 봐봐. 마제는 엄청난 규모의 공사를 시작하려 하고 있어. 세력을 키우겠다는 의지겠지?”

“……”

부용은 죽영의 말에 반박하고 싶었지만 뭐라고 해야 할지 말문이 막히고 말았다. 죽영의 말대로 이곳은 곧 거대한 건물들이 들어서게 될 것이기 때문이다.

“네 얘길 들으니 또 그러네. 세력을 키운다라……”

“마제를 만나보면 알 수 있겠지.”

죽영의 눈이 깊게 가라앉았다.

용악이 세력을 키운다면 정파와의 싸움은 피할 수 없게 될 것이고, 그렇게 되면 정파의 기둥이라 할 수 있는 정검련과도 지금과 같은 좋은 관계를 유지하긴 힘들 것이기 때문이다.

“왜 그래, 죽영?”

부용이 뭔가를 느꼈는지 집요한 눈이 되었다.

“아, 아니야.”

죽영은 서둘러 대답하고는 그만 내려가자는 듯 아래쪽으로 시선을 돌렸다.

‘이상하네, 말까지 더듬고?’

죽영의 태도는 확실히 평소와 달랐다.

용악이 세력을 키우는 것과 연관이 있는 것 같은데 부용에겐 그런 것은 중요하지 않았다.

“걱정할 것 없어, 죽영.”

“……?”

“마제께서 뭘 하려는지 물어보면 되잖아.”

“그게 말이 되냐?”

“왜? 마제도 그랬는데 우린 왜 안 돼?”

“마제께서 우리에게 물어봤다고?”

“그래! 내게 검에 대해 알려달라고 했잖아.”

“그거야…….”

“뭐가 달라? 마제께서 모르는 걸 물어본 것과 내가 모르는 걸 물어보는 것과."

부용은 자신이 한 말에 확신을 가지고 있는 것 같았다. 어떻게 그럴 수 있는지 죽영으로서는 짐작도 가지 않았지만 굳이 자세히 듣고 싶진 않았다.

"그만 내려가자."

"어? 얘기하다 말고 어딜 가?"

"알았어."

"뭘 알아? 야, 죽영!"

부용은 서둘러 내려가는 죽영을 쫓아가며 소리를 질렀다.

산을 내려와 악승이 마련해 준 임시 거처에 들어선 부용이 입구에서 멈칫 섰다.

말끔히 정리된 거처 안에 네 사람이 진지한 표정으로 대화를 나누고 있었던 까닭이다.

대화의 시작은 신공장이 지은 건물과 조각 등에 대해서였다. 검성호는 신공장에 대해서는 전혀 모르기에 침묵으로 일관했고, 구정효가 간간이 신공장이란 이름이 가지는 무게에 대해 토를 달았다.

듣고 있던 만우흔이 발끈한 것은 신공장이 혈교에 꽤나 심혈을 기울일 것이란 말 때문이었다.

용악에 대해 아무리 좋은 인상을 가지고 있다고 해도 혈교는 사파였다. 만우흔은 신공장이 왜 사파의 건물에 그렇게 열심인지 모르겠다고 솔직하게 물었고, 그다음부터 분위기가 가라앉게 된 것이다.

"이보게, 자네가 뭐라고 하던 이미 내가 결정을 내린 일이네. 내겐 혈교건 황보세가건 똑같아."

"신 대협께선 정파가 아니십니까?"

만우혼이 진지하게 물었다.

"정파? 흠. 그렇게 따지면 천마는 사파가 아닌가?"

"……."

"천마가 내게 건물을 지어달라고 했을 때는 그만한 이유가 있을 거라 여기네."

신공장이 더 이상 말을 듣지 않겠다는 의지를 분명히 하며 입을 닫았다.

"신 대협……."

"아, 거! 젊은 사람이 왜 그리 말귀를 못 알아들어? 신 선배께선 이미 결정을 내렸다잖아! 그런다고 신 선배가 용… 천마의 부탁을 거절할 수 있을 것 같아!"

구징효가 듣다 듣다 참지 못해 버럭 소리를 질렀다.

신공장은 구징효의 반응이 처음엔 흐뭇했으나 말이 길어지면서 노기로 변하고 말았다. 구징효의 말은 마치 신공장이 어쩔 수 없이 일을 떠맡은 것처럼 들렸기 때문이다.

"구가야, 그런 거 아니다."

"신 선배, 숨길 것 없습니다. 있는 그대로 말하면 됩니다. 젊은이들이 아무것도 모르면서 신 선배와 천마 사이의……."

"그런 거 아니라고!"

신공장은 구징효가 쉽게 말을 멈추지 않을 것 같았는지 주먹을 날려 입을 막으려 했다. 하나 신공장의 반응에 익숙한 구징효는 날아드는 주먹을 재빨리 피해냈다.

"어휴, 이걸 내가 왜 데리고 왔지?"

"킁. 내가 왔지 신 선배가 데리고 왔수?"

"이걸 확!"

"나도 이제 오십이우. 적당히 합시다."

구징효가 쌍심지를 켜며 신공장을 노려봤다.

"하, 합시다아? 이게 보자 보자 하니까 머리끝까지 기어오르려고 하네?"

신공장은 소매를 걷어붙였고, 구징효는 지지 않고 머리를 들이밀며 대항했다.

검성호는 두 사람의 티격태격하는 모습에 더 이상 말해봐야 소용없음을 깨닫고 상체를 뒤로 기대며 눈을 감았다.

"만 선배, 왜 그래요?"

"어제 이곳을 죽 둘러보고 난 후에 만 선배의 안색이 안 좋아졌다. 이곳의 산세에 신 대협의 조화가 더해지면 난공불락의 요새가 지어질 것 같았던 거지."

검성호가 대신 대답해 주며 쓰게 웃었다. 그라고 좋을 리가 없었다. 하나 만우흔의 말은 잊고 티격태격하는 신공장과 구징효를 보니 절로 웃음이 나올 수밖에 없었다.

"그거하고 만 선배하고 무슨 상관인데요?"

"만 선배의 문제가 아니라 우리가 정파라는 것이 문제겠지."

“아……．”

이곳에서도 사파와 정파에 대한 얘기를 나눴던 모양이다. 부용 역시 죽영과 산 정상에서 세력에 대해 얘기를 나누다 내려오지 않았는가?

“마제께서 오시면 물어보죠, 뭐.”

“뭐라고?”

“건물들은 왜 지으며, 세력을 만들려는 의도가 뭐냐고요.”

“뭐? 하하하!”

검성호가 부용의 아무렇지도 않은 대답에 고개까지 젖히며 웃었다.

거처 안의 풍경은 기이하기 이를 데가 없었다.

정파의 네 고수와 정파도 사파도 아닌 신공장에 용악이 보고 싶어 따라온 구징효까지.

분명히 구분이 지어지는데 서로 어울림에 조금도 이상하지 않았다.

목소리가 높아졌다는 보고를 받고 왔던 천마일로는 거처 밖에서 안의 대화를 듣고 있다 고개를 절레절레 흔들었다.

“결국 주군을 보고 싶다는 거군.”

명령에 따르고 명령을 내리는 데 익숙한 그에게 거처 안에서 벌어진 상황은 이해하기 어려운 부분이었으나, 그럴 때는 그저 소음이라 생각하면 그만이었다.

“어? 다들 어딜 가지? 죽영, 이리 와봐.”

거처 밖에서 바쁘게 움직이는 사람들을 보고 부용이 죽영 등을 불렀다.

죽영은 밖으로 나오다 말고 놀란 눈이 됐다.

멀리서 봐도 한눈에 알 수 있는 뚱뚱한 뒷모습이 악승임을 알려준 까닭이다.

“마제께서 오셨나? 가볼래?”

부용의 목소리엔 장난기가 묻어 있었지만 몸은 이미 그녀의 의지를 실천하고 있었다.

죽영은 부용과 나란히 움직이며 악승을 처음 봤을 때의 장소까지 갔다.

그곳에는 마차 한 대와 그 주위를 호위하고 있는 노인들이 있었다.

부용은 그들을 주의 깊게 살펴보다가 갑자기 기함을 토했다. 마차 주위를 호위하던 아홉 노인이 일제히 그녀를 향해 시선을 돌렸기 때문이다.

그 시선들은 정확히 그녀를 향해 있었다.

죽영이 부용의 손을 잡아 뒤로 당기는 것으로 봐서 분명했다.

“죽영, 저……”

“쉿. 천천히 나가자.”

“왜?”

“저 정도 거리에서 우리의 기척을 알아챌 고수가 몇이나 될 것 같아? 마제께서 오신 줄 알았다고 하면 될 거야.”

죽영의 잔뜩 긴장한 얼굴을 보고 부용은 조용히 따라나설 수밖에 없었다.

“봅. 저들이오, 신녀.”

다가오는 부용과 죽영을 가리키며 악승이 마차 안의 누군가에게 말했다. 그러자 마차에서 한 여인이 내리며 부용과 죽영을 바라봤다.

“맑은 기운이 느껴지네요.”

사림을 정리하고 합류한 신녀였다.

“검왕의 제자들이랍니다.”

“검왕… 그렇군요.”

신녀는 검왕이란 말에 잠시 시간을 두었다가 이내 고개를 끄덕였다. 용호산에 도착하자마자 처음 만나는 손님이 검왕의 제자라니 이상한 우연이 아닐 수 없었다.

‘려군에 이어 벌써 두 번째⋯⋯.’

두 번이란 의미는 신녀에게 많은 것을 암시하는 횟수였다. 사림에서 려군을 봤을 때의 확실하지만 애매모호했던 느낌이 확신으로 다가왔다.

운명, 그것이 이번엔 신녀에게 다가올 모양이다.

부용과 죽영을 본 순간 알 수 있었다.

‘려군은 자신의 운명을 이겨내고 무사히 돌아왔다. 이젠 내 차례인데⋯ 과연⋯⋯.’

신녀는 설핏 웃었다.

"저는 교의 신녀예요."

신녀가 다가오는 부용과 죽영을 향해 먼저 말을 건넸다. 그러자 두 사람은 놀란 표정이 됐다. 악승이 마중 나올 정도의 신분을 가진 여인이 먼저 인사를 건네니 말문이 막힌 것이다.

"주인님을 만나러 오셨나요?"

"예? 예. 부용과 저는 정검련의 교검들입니다."

죽영이 정신을 수습하고 정중히 인사를 건넸다. 하나 포권을 거두며 눈을 들었다가 신녀와 눈이 마주치고 말았다.

왜 그랬을까?

죽영은 자신도 모르게 고개를 숙였다.

긴장으로 인해 등에선 땀이 흐르고 심장은 가파른 산이라도 오르는 것처럼 빠르게 뛰어댔다. 폐부를 뚫고 들어오는 것 같은 신녀의 시선에서 낯선 감각을 느낀 탓이다.

죽영은 진기를 운용해 막아보려 시도도 해봤지만 그 낯선 감각은 사라지질 않았다.

'뭐지? 부용도······.'

돌아본 부용은 죽영과 달리 멀쩡한 눈으로 신녀와 아홉 명의 고수를 살피고 있었다.

"주인님께서 돌아오시면 알려 드리도록 하지요."

신녀는 죽영이 부용을 돌아보며 당황하는 표정을 짓자 시선을 거두며 자리를 떠나려 했다.

"저······."

죽영이 신녀를 불렀다. 딱히 물어볼 말이 있어서 붙잡은 것이 아니었다. 돌아선 신녀와 다시 눈이 마주쳤다. 이번엔 죽영도 눈을 피하지 않았다. 하나 조금 전과 같은 이상한 감각은 느낄 수가 없었다.

"하실 말씀이라도?"

"아… 아닙니다."

죽영은 자신도 모르게 고개를 내저었다.

"감이 좋은 분이시네요."

'그럼!

신녀는 죽영의 몸이 일으킨 반응에 대해 아는 것이 틀림없었다.

짧게 말을 마친 신녀는 돌아섰다.

"뭐래?"

부용은 죽영과 신녀 사이에서 일어났던 일을 전혀 모르기에 죽영의 어깨를 건드리며 물었다.

"…모르겠다."

"왜 그래, 얼빠진 사람처럼?"

"그러게… 내가 왜 이러는지……."

죽영은 신녀가 보통 여인이 아니라고 생각했다.

감이 좋다. 이 말은 곧 신녀에 대한 죽영의 생각을 읽었다는 뜻으로밖에 해석할 수 없었다. 그렇다는 것은, 신녀는 눈빛 하나로 죽영의 내면을 통찰했다는 뜻?

있을 수 없는 일이었으나 이미 죽영은 등골이 서늘해진 후였다.

'눈이 마주쳤을 뿐인데 꼼짝하지 못했다. 저런 여인이 마제를 주인으로 섬기고 있다. 검왕께선 너무 믿고 계신 것은 아닌지…….'

죽영으로서는 당연한 생각이었다. 그만큼 신녀와의 첫 대면은 충격적이었다. 지금까지의 용악이, 그를 섬기는 신녀 때문에 완전히 다른 사람으로 죽영의 머릿속에 형상화된 것이다.

'이미 마제는 한 개인이 아니다. 혈교라는 막강한 세력 그 자체다.'

용화산 정상에서 부용과 나누었던 대화가 어쩌면 현실로 나타날지도 몰랐다. 그렇다면 정검련만으로는 부족했다.

악승이 있었고, 정체 모를 아홉 명의 노인이 있었고, 무엇보다 용악이 있었다.

죽영은 생각에 잠긴 채 멍한 표정으로 허공만을 응시했다.

"죽영, 뭐 해? 가자니까?"

"응? 으응."

이럴 때는 부용의 낙천적인 성격이 너무도 부러웠다.

신녀가 도착한 뒤로 혈교인들은 바빠졌다. 신녀의 지시에 따라 절벽 아래 임시 거처를 짓게 됐기 때문이다.

임시 거처는 반나절 만에 지어졌다.

신공장의 손길이 닿은 덕분에 꽤나 멋지고 근사한 곳으로 변모했다.

그러나 한 사람에겐 조금도 좋아 보이지 않았다.

"뿌읍……. 아니야, 아니야."

악승이 고개까지 절레절레 저으며 못마땅한 눈으로 임시 거처 주변을 살폈다.

부용 등이 머무르는 거처와는 격이 다른 곳인데도 악승은 뭐가 그리 마음에 안 드는지 요모조모 건드려 보고 연신 혼잣말을 해댔다.

그것이 신공장의 비위를 거슬렀다.

신공장이 아니면 아무것도 없는 이곳에서 저 정도의 훌륭한 거처가 나올 리 만무했다.

"…안 들어. 이런 곳에 주군께서 머무셔야 하다니… 악승아, 악승아, 이 빌어먹을 뚱땡아!"

쾅!

악승이 발을 구르자 주위에 진동이 일었다.

그리 힘껏 구른 것도 아닌데 사방에 땅이 들썩이며 일어났다. 그 진동에 놀라 신공장이 거처로 들어서다 말고 재빨리 돌아섰다.

"마, 말을 하든지… 내가 아니면 저런 물건도 안 나왔지. 이럴 거면 뭣 하러 이 먼 곳까지 사람을 불러서는… 켕. 난 몰라."

신공장은 혹시라도 악승이 들을세라 최대한 조용히 말하는 것을 잊지 않았다.

관자놀이엔 땀이 맺혀 있었고 발은 오금이 저려 제대로 움직여 주질 않았다.

　그때, 옆에서 조용히 지켜보고 있던 구징효가 나지막한 웃음을 터뜨렸다.

　"크큭."

　"뭐, 뭐냐, 그 웃음은?"

　미묘한 순간에 들려온 웃음이기에 신공장은 그냥 넘길 수 없었던지 눈을 가늘게 뜨며 구징효를 돌아봤다.

　"왜 또 시비유?"

　"왜 웃었냐고!"

　"쿵. 천산마제가 머물 곳 때문에 저 악승이 발을 구르는데 웃기지 않⋯ 응?"

　"그, 그것 때문에 웃은 게냐?"

　구징효의 말이 끝나기도 전에 신공장의 얼굴이 활짝 펴졌다. 그 모습에 구징효는 뚱한 눈으로 주위를 둘러봤다. 그리고는 음흉한 미소를 지었다.

　"그, 그 눈은 뭐냐?"

　"크큭. 신 선배⋯⋯."

　"됐다."

　"돈오 선배께 이 얘길 들려주면 좋아하겠네."

　"도, 돈오에게?"

　"왜요? 찔리는 거라도 있나요?"

　구징효는 얼굴에 난 검상을 구기며 피식 웃었다.

　황보세가에선 늘 당하기만 하던 구징효의 반란에 신공장은 분해서 어쩔 줄 몰라 했다. 무엇보다 악승의 시위에 움찔했던 스스로에게 무안해서 더욱 화가 났다.

"없다. 그리고 돈오 늙은이 흉내를 내려면 비슷하게라도 해. 돈오 늙은이였다면 이랬을걸. 아프겠다, 찔려서. 이러고 말지."

신공장은 입맛을 다시며 휙 돌아섰다.

"신 선배, 아프겠수, 찔려서."

"아무리 가르쳐도 늘지 않는 신기한 놈. 쯧쯧쯧."

"뭘 그리 많이 알려줬다고 생색입니까?"

"됐다."

신공장은 또다시 자신에게 말려든 구징효를 안쓰럽게 보며 고개를 내저으며 거처로 돌아섰다.

상황이 이상하게 돌아가자 놀려주려던 구징효가 오히려 마음이 상하고 말았다. 구징효는 구시렁거리며 신공장의 뒤를 쫓았다.

용악의 임시 거처 내부는 밖에서 볼 때와는 사뭇 달랐다. 높은 천장과 방처럼 구분된 공간들이 꽤나 정밀하게 나뉘어져 있었다.

"악 대장로님, 곧 려군이 도착할 거예요. 이곳으로 안내해 주세요."

신녀는 나가려는 악승을 붙잡았다.

용악의 침소로 정해진 장소 바로 옆에 사림에서 가져온 물건들을 내려놓은 직후였다.

"더 가져올 것이라도?"

"제가 물건을 빠뜨리는 일이 있으려구요. 다른 일을 상의드
리려고요."

'상의? 신녀의 표정이 많이 굳어 있는데? 안이 어두워서 그
러나.'

아무리 어두워도 악승과 같은 고수에겐 밝은 대낮과 별 차
이가 없었다. 신녀의 안색이 어두워 보여 그리 생각한 것이다.

사림에서 신녀와 가장 많은 대화를 했던 사람이 악승이다.
신녀의 심경에 심각한 변화가 생긴 것을 못 느낄 리가 없었다.

"사림에서 주인님께 전해 드리지 못한 것이 있어요. 그때는
주인님께 필요하지 않았지만 이젠 더 미룰 수 없게 됐네요."

신녀는 말을 마치고 궁금해하는 악승을 보며 소리없이 웃었
다.

웃음에도 짙고 옅음이 있다면, 지금 신녀의 웃음은 무척 옅
었다. 그것도 너무 옅어서 잘 보이지 않을 정도로 희미했다.

"신녀, 무슨 일이오?"

"예?"

"내 잘은 모르지만 사림에서부터 신녀를 봐왔소. 지금 신녀
는 그때와 완전히 다른 사람 같소."

"그럴 리가요. 만약 대장로께서 그리 느끼셨다면 장소 때문
일 거예요."

"아니요. 장소 때문이 아니라……."

“려군이 오는 즉시 데리고 오셔야 해요.”

“……”

“무척 중요한 일이에요. 려군이 이곳을 나가기 전에는 아무도 들여보내선 안 돼요.”

“그러다 주군께서 오시면 뭐라고…….”

“시간을 끌어주세요.”

악승은 신녀의 확고한 눈빛과 마주하자 더 이상 아무것도 물어볼 수 없었다, 그저 고개만 끄덕여 줄 수밖에.

역대 신녀들은 오로지 천마의 탄생을 위해 존재해 왔고, 그녀들은 언제나 신비함을 유지한 채 천마의 곁을 지켰다.

‘신녀의 분위기… 마치 어딘가로 훌쩍 떠날 사람처럼 보이는데… 내 착각일까?

악승은 나가기 전에 몇 번이나 입을 열고 싶었으나 결국 아무 말도 꺼내지 못한 채 거처를 나와야 했다.

신녀의 말대로 려군은 일다경도 지나지 않아 도착했다. 려군의 마차는 백마신교의 사도였던 칠대단주들이 지키고 있었다.

“제후, 신녀께서 부르시니 가보시게.”

악승은 다가와 인사를 건네는 투명한 인형과 같은 려군에게 임시 거처를 알려주었다.

“저를요?”

려군은 악승의 심상치 않은 표정과 임시 거처를 번갈아 봤

다. 악승이 건넨 말은 간단했지만 그 안에 담긴 뜻은 려군에게
고스란히 불안감으로 전달됐다.

려군이 임시 거처로 들어서자 오른쪽 끝에 신녀가 가부좌를
튼 채 앉아 있었다.

"려군이 신녀를 뵙습니다."

"어서 와요, 제후."

신녀는 눈을 뜨며 반갑게 려군을 맞이했다.

멈칫. 려군은 신녀에게 다가가려는 발걸음이 자신도 모르게
멈춰지고 말았다. 왜 그런지 다가가서는 안 될 것 같은 생각이
들었다.

"이리 와서 제 앞에 앉아요. 부탁할 일이 있어요."

"부탁……."

"그렇게 서 있으면 말을 할 수가 없잖아. 와요, 이리로."

신녀는 려군이 앉을 자리를 손으로 가리켰다.

어쩔 수 없이 려군은 신녀 앞으로 다가가 마주 보고 앉았다.
그런 려군을 향해 신녀가 손을 뻗었다.

"……!"

"신녀를 찾아주세요."

"시, 신녀라니요?"

려군은 신녀를 빤히 쳐다봤다.

눈앞에 있는 여인이 신녀였기 때문이다.

"저 말고 제 뒤를 이을 신녀요."

"예?"

려군은 다시 한 번 멍한 표정이 되고 말았다.

신녀의 말이 진심이란 것은 잡고 있는 손을 통해 전해졌지만, 왜 그런 부탁을 하는지 이해하기 힘들었다.

'이 느낌은 뭐지?'

신녀의 손에서 섬뜩하면서도 차가운 무언가가 느껴지고 있었다. 이것은 려군이 예전에 느껴본 적 있는 느낌이었다.

죽음.

백마신교주가 그랬고 죽어간 백마교도들이 그랬다.

절레절레.

려군은 머리를 흔들어 자신의 생각을 지우려 했다.

"제후라면 해줄 수 있어요."

"신녀님, 이해하기 쉽게 설명해 주시면 안 될까요? 제 앞에 신녀님이 계신데 신녀를 구해달라니 저는 이해할 수가 없어요."

"제후는 이미 알잖아요. 다른 사람들이 갖지 못하는 능력. 나도 제후도 그것을 가지고 있어요. 제후를 처음 봤을 때 무슨 생각이 들었는지 알아요? 십 년만 일찍 만났어도 다음 대 신녀에 대한 고민을 하지 않았을 거란 생각을 했어요. 너무 늦게 만났어요. 제후의 능력을 열어주기엔 늦었거든요."

신녀가 잠시 말을 멈추고 려군의 눈을 바라봤다.

려군은 신녀가 하는 말을 모두 이해하고 있었다. 신녀에 대해 경외감까지 갖게 된 이유가 조금 전에 말한 그 특별한 능력 때문이다.

“내 부탁, 들어줄 거죠?”

“제 능력으로는 무리예요. 신녀님께서 직접…….”

“지난 백여 년 동안 찾고 또 찾았어요. 지금도 찾고 있고요. 하지만 나타나지 않았지요. 주인님께서 덜컥 제후를 데려왔을 때 제가 얼마나 놀랐는지 모를 거예요. 백여 년을 찾아도 나타나지 않던 신녀의 자질을 가진 사람을 주인님께선 너무 쉽게 데려오셨거든요. 제후, 시간이 없어요.”

‘시간이 없다고?’

려군은 신녀의 시선을 따라 임시 거처를 빙 둘러보다 가슴이 먹먹해지고 말았다. 신녀의 눈을 보고 만 까닭이다.

무엇을 해야 할지 묻지 않았다.

신녀는 이미 려군이 허락할 줄 알았던 모양이다. 려군은 손을 통해 전해져 오는 이상한 느낌, 신녀와 려군만이 감지할 수 있는 언어를 받아들였다.

‘이 힘이 전달되면 제후는 신녀의 재목을 보는 순간 깨닫게 된다. 이것이면 일단은 안심하고… 할 수 있겠어.’

第二章
곤(哀)

천산마제

오후가 지나면서 용호산에 안개가 끼기 시작하더니 얼마 뒤에는 두 걸음 앞에 있는 사람조차 분간하지 못할 정도로 뿌옇게 변했다.

악승과 천마십팔로는 임시 거처를 감싼 형태로 퍼져 있었다. 안개가 아무리 짙게 끼었다고 해도 악승의 감각은 그와 무관하게 주위를 살필 수 있었다.

그런 악승이 인상을 썼다.

멀리서부터 들려오는 규칙적인 발자국 소리가 묘하게 신경을 건드리고 있기 때문이다.

턱. 턱. 턱.

발자국 소리가 가까워질수록 안개는 더욱 짙어졌다.

누굴까?

안개 속을 뚫어져라 노려보고 있는 악승의 머릿속에 의문이 떠올랐다. 아니, 악승뿐만이 아니라 천마십팔로 역시 같은 생각을 하고 있었다.

'무시무시한 기운이다. 주군을 제외하고 이 정도의 마기를 뿜어낼 수 있는 사람이 또 있다니……'

악승은 안개 저 너머에서 다가오고 있는 자의 정체를 짐작조차 할 수 없었다. 안개는 발자국 소리에 맞춰 숨이라도 쉬는 것처럼 밀려왔다 사라지길 몇 번이고 반복했다.

악승은 가는 눈을 더욱 좁게 만들며 안개 속을 주시했다. 당연히 천마십팔로와 함께 경계하는 것은 잊지 않았다.

"나다, 악승."

툭, 실 끊어진 연처럼 악승의 긴장이 풀어졌다.

안개 속에서 들려온 음성은 분명 용악이었기 때문이다.

"주, 주군?"

악승이 놀란 목소리로 묻자 이내 용악이 안개를 뚫고 모습을 드러냈다. 그러자 악승은 다시 한 번 눈을 부릅뜰 수밖에 없었다.

"후읍, 후읍……."

용악의 숨소리를 듣고 있던 악승의 살갗에 소름이 돋았다. 수라혈로 떠날 때보다 몸은 야위었으나 용악의 몸에서 발산되는 마기는 상상을 초월할 정도로 강했다.

용악이 모습을 나타낸 직후 안개가 걷혔다. 대신 질식할 것 같은 마기가 사방을 잠식해 가기 시작했다.

"천마십팔로, 천마를 뵙습니다!"

천마십팔로는 일제히 한쪽 무릎을 꿇으며 소리쳤다.

용악의 몸에서 흘러나오는 기에 대항하기 위해서는 어쩔 수 없는 선택이었다.

"안다. 잔뜩 경계하고 있어서 무슨 일인가 했다."

"주, 주군, 가셨던 일은……."

"잘 됐다. 얘기는 나중에. 쉬고 싶다."

"……!"

악승은 적잖이 당황한 표정을 지었다.

그럴 수밖에 없는 것이, 용악은 쉬고 싶다면서 아직도 기를 거두지 않고 있었기 때문이다.

"이, 이쪽입니다, 주군. 임시 거처를 만들어놓기는 했는데 마음에 드실지 모르겠습니다."

"가자. 시마, 쉬어라."

"…조, 존명."

공투는 용악이 악승과 함께 사라진 뒤에야 안간힘을 다해 버틴 의식의 끈을 놓고 말았다. 그대로 양쪽 무릎을 바닥에 댄 채 정신을 잃은 것이다.

천마삼로와 천마육로가 급히 공투를 부축했다.

"허!"

천마삼로의 입에서 탄식이 터졌다.

받아 든 공투의 몸이 텅 빈 것처럼 가벼운 탓이다.

“이토록 몸이 망가지면서까지…….”

“서두릅시다.”

천마육로가 공투를 안고서 한쪽으로 움직였다.

악승조차 견디기 힘든 용악의 기운을 받으면서 수라혈에서부터 지금까지 버틴 것만 해도 기적이었다.

갑작스럽게 변한 용악의 변화에 나머지 천마십육로는 제자리에서 아무도 움직이지 않았다.

용악이 몸에 이상이 있음을 알게 된 것은 수라혈을 떠났을 때부터였다. 몸이 갑자기 천근만근 무거워지며 한 걸음 움직이는 것도 힘들었다.

독에라도 중독된 것처럼 두통이 심해지며 기운이 빠져나갔다. 하지만 운기를 해보면 진기가 빠져나가거나 한 것은 아니었다.

이유를 알 수 없는 증상에 쉬어갈까도 생각했지만 그럴 수는 없었다. 걷고 또 걸었다. 힘이 드는 만큼 더욱 강하게 눌러댔다. 결국 한 걸음 움직이기 위해서 천마신공을 운용해야 하는 단계까지 이르렀다.

그나마 다행인 것은 용호산을 본 뒤로는 최대한 기의 운용을 자제했다는 것이다.

“신녀, 주군께서 돌아오셨소. 신녀…….”

악승은 임시 거처 앞에서 멈추며 신녀를 불렀다.

용악의 미간이 급격히 좁혀졌다. 신녀에게 들어가도 되겠느

냐는 허락을 받으려는 악승의 행동에 마음에 들지 않은 까닭
이다.

"악승……."

용악이 입을 열려 할 때, 임시 거처가 열리며 신녀가 모습을
드러냈다.

"신녀가 주인님을 뵙습니다."

신녀는 한쪽 무릎을 굽히며 고개를 숙였다.

"피곤하다."

용악은 악승과 신녀의 묘한 시선 교환을 보고 짜증이 일었
으나 이내 몸을 눕히고 싶어 모른 척 신녀를 지나치려 했다.
그러자 신녀가 용악의 뒤를 따라 들어왔다.

"됐다. 가서 쉬어라."

용악이 손을 내저으며 신녀를 막았다.

"말씀드릴 것이 있습니다."

"나중에."

"지금이 아니면 안 되는 것입니다."

안으로 들어가려던 용악이 자리에 멈춰 섰다.

신녀가 용악의 말을 거역한 적이 있었던가?

단연코 없었다.

"반드시 지금이어야 하는가?"

용악은 지끈거리는 머리를 손으로 누르며 뒤로 돌아섰다.
신녀는 용악의 시선을 피했으나 물러서진 않았다.

'주군께선 지금 정상이 아니시다. 가만, 그러고 보니 주군이

나 신녀나 둘 다 이상… 하다?

두 사람을 지켜보던 악승은 마른침을 삼켰다.

둘 다 평소와 크게 달랐다.

"그렇습니다, 주인님."

신녀는 악승조차 견디기 힘든 용악의 마기를 고스란히 받으면서도 조금도 흐트러지지 않았다. 그 점 또한 악승이 보기엔 상당히 이상했다.

악승은 살얼음을 걷는 것처럼 마음이 조마조마해졌다. 하나 악승의 걱정을 덜어준 쪽은 신녀가 아닌 용악이었다.

"이유가 있겠지. 들어와라."

"신……."

악승이 신녀를 부르려 했으나 신녀는 희미한 웃음으로 대답한 후 조금도 주저없이 안으로 들어갔다.

'왜 이리 답답하지…….'

홀로 남은 악승은 이러지도 저러지도 못하고 발만 동동 구르며 밖에서 기다릴 수밖에 없었다.

안으로 들어선 용악은 마련된 침상에 쓰러지듯이 누우려 했다.

"주인님, 지금 잠드시면 안 됩니다."

"할 말부터."

"잠시 앉아주십시오."

"신녀, 내 몸 상태가 좋지 않다."

"그 때문에 앉아주시길 청하는 것입니다."

신녀는 용악의 날카로운 눈빛에도 물러서지 않았다.

사림에서 보여주었던 고분고분하던 신녀의 모습은 그 어디에서도 찾아볼 수 없었다. 결국 용악은 신녀의 고집을 꺾지 못하고 일어나 앉았다.

눈은 붉게 충혈되어 있었고 짜증이 얼굴 전체를 감싸고 있었다.

"말하라."

용악은 내려온 앞머리를 한 손으로 쓸어 넘기며 시선을 천장에 두었다. 신녀의 말이 별것 아니라면 참기 힘들 것 같아 애써 외면한 것이다.

"곤을 드리려고 합니다."

"곤?"

"수라혈로 떠나시기 전까지는 주인님의 상태가 이 정도까지 악화되리라고는 생각지도 못했습니다."

"내 상태? 내가 왜 이렇게 힘들어하는지 알고 있다는 뜻이냐?"

"전신의 혈이 타오르는 것 같고, 두통이 끊이질 않으며, 의지와 무관하게 몸이 잘 움직여 주지 않았겠지요."

"……!"

"천마수 때문입니다. 아니, 천마수가 찢어진 탓입니다. 그 동안 주인님의 몸을 조절하던 천마수가 사라지면서 일어난 변화지요. 천마수가 찢겨질 줄 몰랐던 제 불찰입니다. 수라

혈로 가시기 전에 곤을 드렸어야 했는데 그렇게 하질 못했습
니다."

"그만. 도대체 무슨 말인지 모르겠다."

"천마수가 찢어지면서 주인님의 몸으로 흡수됐어야 하는
기운을 원래는 곤이 막았어야 합니다. 주인님의 몸이 회복되
지 못한 이유 역시 그 때문이지요."

"곤? 곤 때문이라고? 신녀, 나는 곤이 없이도 수라혈주를 제
압했다."

용악으로서는 당연히 드는 의문이었다. 몸이 그토록 엉망이
었다면 수라혈주를 상대할 때도 힘겨웠어야 하건만 전혀 그렇
지 않았다.

"수라혈주는 어차피 주인님의 종입니다. 종과는 싸웠다고
하지 않습니다. 그래도 주인님의 몸이 이렇게 될 정도로 자극
했다는 점은 놀랍습니다만."

"이미 이런 일이 있을 줄 예상했다는 건가?"

"예상하지 못했기에 곤을 전해 드리려는 것입니다."

"지금?"

"시간이 지날수록 주인님의 몸은 좋아지지 않습니다. 오히
려 더 나빠지지요."

신녀는 말과 함께 용악의 손을 불쑥 잡았다.

평소의 용악이었다면 능히 피하고도 남을 움직임이었으나
어찌 된 일인지 빠르거나 하지도 않은 신녀에게 손이 잡히고
말았다.

용악은 뿌리치려 했지만 신녀는 요동도 하지 않았다.

"오래 걸리지 않습니다, 주인님."

"……!"

"곤은 이 상태로 전해 드릴 수 없는 까닭에 잠시 실례를 범하겠습니다."

신녀는 한 손으로 용악의 양손을 모았다. 그리고는 다른 한 손을 용악의 등 뒤에 댔다.

"제가 사용하는 힘은 주인님의 이화유능제와 비슷합니다. 하나 이화유능제가 이기(異氣)를 무력화시키는 능력이 있는 반면, 저의 반결력은 결속을 되돌립니다. 비슷하지만 완전히 다른 능력이지요. 이 능력은… 오직 주인님께만 사용할 수 있습니다."

"……!"

"제가 전하는 곤은… 주인님의 몸에서 빠져나가는 기를 갈무리해 줍니다. 역대 어떤 천마도 천마수를 찢지 못했습니다. 이제 곤까지 지니시면 천마수와 곤을 동시에 지니신 최초의 천마가 되십니다. 뜻을 이루십시오."

신녀의 마지막 말이 묘했다.

'뜻? 무슨 소리지?'

용악은 신녀에게 되물으려 했으나 말이 나오질 않았다. 무엇보다 더 이상 생각을 이을 여력 또한 없었다.

신녀의 반결력은 용악이 의지를 일으킬 때마다 되돌려 결국 아무것도 할 수 없는 상태로 만들었기 때문이다.

툭.

용악의 고개가 의지와 무관하게 침상에 기댔다.

정신을 잃지 않으려고 몇 번이나 끄덕거렸으나 신녀의 반결력은 그런 용악을 내버려 두지 않았다.

"시작합니다."

아득한 곳에서 들려오는 것 같은 신녀의 목소리.

그만!

용악의 목소리는 입으로 나오지 못했다. 어느새 신녀의 반결력이 그의 전신을 지배해 버린 탓이다.

얌전히 누운 용악을 보며 신녀는 양손으로 거대한 구슬이라도 든 것처럼 손을 펼쳤다. 그리고는 서서히 하얀 수증기를 내뿜었다.

하얀 수증기는 서서히 모여들며 신녀의 몸 주위에 작은 결정체들로 변해갔다. 그것은 선대로부터 물려받은 신녀만이 지닐 수 있는 힘들로서 곤의 재료라 할 수 있었다.

신녀의 주위로 몰려든 작은 결정체들은 이제부터 신녀의 능력으로 풀고 또 풀어 실처럼 만들어질 것이다. 그리고 실들은 제련되어 용악의 몸에 깃들게 된다. 오직 용악만을 위한 옷으로.

＊　　　＊　　　＊

사람들의 움직임이 바빠졌다.

안개는 꽤나 걷혀서 안력을 집중하면 사람들을 볼 수 있었다. 하나 그럼에도 분위기는 묘했다. 어느 한 사람도 말을 하는 사람이 없었다.

부용과 죽영은 거처를 빠져나와 악승을 찾았다.

천마십팔로란 노인들 중 몇몇은 따로 모여 있었고 나머지 인원과 악승이 삼엄한 낯빛을 하고 있었다. 다들 긴장을 하고 있는지 정면을 바라보는 눈빛이 예사롭지 않았다.

"죽영, 뭔가 이상하지?"

"그래."

"악 대협이 왜 꼼짝을 하지 않고 있는 거지?"

"마제께서 돌아오셨는지도……."

"뭐? 그럼 알려주기로 했잖아?"

"그러니까 무슨 일이 있는 거겠지."

죽영은 부용에게 말을 하는 둥 마는 둥 하며 악승을 향해 다가갔다.

"악 대협……."

"……."

"마제께서 돌아오셨습니까?"

"…돌아오셨네."

"예? 지금 어디 계십니까?"

"지금은 뵐 수 없네."

"……?"

"일이 있으셔서 신녀와 함께 계시네. 무척 피곤한 상태시니 좀 기다려야 할 듯하네.”

악승의 목소리는 무척 굳어 있었다. 평상시에 보던 악승과는 달리 여유가 전혀 없어 보였다.

죽영은 더 이상 물어봐야 소용없을 거라 여겼는지 시선을 다른 곳으로 돌렸다. 그곳에는 천마십팔로 중 세 노인이 열심히 손을 놀리고 있었다.

‘청년?

천마삼로는 공투의 몸에 기를 계속 주입했고, 천마육로는 그 기를 인도해 공투의 상한 몸을 깨워주었다.

“허! 이 무슨······.”

한참 진기를 주입하던 천마삼로가 탄성을 터뜨렸다.

“장기는 모두 상했는데 오히려 진기의 흐름은 거세졌다? 이런 기이한 일이.”

천마육로도 천마삼로와 같은 생각을 했는지 놀란 눈이 됐다.

공투의 장기는 정상인 곳이 거의 없었다. 지난 며칠 동안 용악의 마기에 노출된 채 움직인 공투의 몸은 만신창이가 따로 없었다.

그러나 그런 공투의 몸에 어마어마한 진기가 흐르고 있었다. 만약 두 사람이 빠르게 조치를 취하지 않았다면 공투는 칠공에서 피를 뿜고 죽었을지도 몰랐다.

“죽음을 각오한 대가군.”

"그랬으니 이런 기연을 얻었겠지요."

기연. 천마육로의 표현은 적절했다.

공투가 제아무리 전력을 다한다고 해도 용악이 뿜어내는 마기를 감당할 리가 없었다. 일부는 막아내고 일부는 자신도 모르게 받아들였을 것이다.

천마육로는 공투의 전신을 두드리면서 갇혀 있던 기운을 전신으로 고루 퍼뜨렸다.

상한 장기는 며칠 쉬면 제 기능을 찾게 될 테고, 마기는 지금처럼 두 사람이 풀어준다면 역시나 걱정거리는 아니었다.

극한의 공포에 며칠 동안 노출됐던 공투의 몸과 마음은 지금을 기회로 크게 성장할 것은 당연했다.

*　　　*　　　*

신녀의 몸에서 흘러나왔던 결정체들은 어느새 미세한 굵기의 선들로 용악을 감싸고 있었다.

'곤은 일원이며 일기이니 일체화되지 못하면 분리된 원정으로서 독립되어 존재할 수밖에 없다. 본시 지녔어야 할 원체로 돌려주는 것이니, 내가 나를 잊어야 한다…….'

신녀는 천마를 위해 존재하는 허상이다. 허상은 영원을 공유해선 안 되며 실체와의 간극을 좁히려 해서도 안 된다.

사라져야 할 허상.

신녀의 존재 이유는 오직 그 때문인 것이다.

시간이 흐를수록 신녀의 얼굴을 해쓱해져 갔다.

실로 만들어진 실타래에서 실이 사라진다면 아무것도 남지 않는다. 모든 실이 온전히 용악에게 전해지게 된다면 신녀는 사라질 수밖에 없는 것이다.

실들이 투명한 색으로 빛을 흡수할 때 신녀 역시 전신이 투명해져 갔다. 마지막 남은 능력을 사용해 실을 하나의 형태로 만들어야 하는 까닭이다.

곤.

그것은 신녀가 모든 것을 바쳐야만 만들 수 있는 일종의 옷이었고, 그 옷에는 신녀가 지니고 있는 모든 능력이 담겨 있었다.

역대 천마들은 모두 천마수를 얻었다. 하나 천마수를 찢은 천마는 단 한 명도 없었다. 그러기에 천마수가 대를 이어 전해진 것이다.

그 천마수가 찢어졌다.

신녀는 그것이 기쁜 한편, 곤을 전해줄 시기에 대해 고민을 해야 했다. 곤을 전한다는 것은 바로 신녀의 죽음이기에.

하얗게 빛을 뿌리며 신녀의 몸에서 나온 결정체들이 용악의 전신을 덮었다. 그리고는 이내 용악과 공명이라도 하는 것처럼 '웅웅' 거리는 음향과 함께 잦아들었다.

'흡!'

임시 거처를 등지고 있던 악승의 몸이 절로 움찔거렸다. 뒤쪽에서 몰려오는 강한 기운에 대항하기 위해 자신도 모르게 힘을 준 탓이다.

그것도 잠시, 밀려들던 강한 기운이 흔적도 없이 사라졌다. 그제야 악승은 뒤를 돌아볼 수 있었다. 하나 뒤를 돌아본 순간 또다시 무지막지한 기운이 덮쳐 왔다.

'도대체 저 안에서 무슨 일이 벌어지고 있는 거지?'

불안하게만 보이던 신녀의 분위기와 용악의 알 수 없는 마기 폭출. 악승을 의아하게 만들었던 두 가지가 한곳에 모여 있었다.

악승을 움찔거리게 만드는 기운은 계속해서 흘러나왔다. 평상시라면 당장 뛰어들어 살펴봤겠지만 지금은 그럴 상황이 아니었다.

"주인님을 잘 부탁드려요."

악승은 갑작스럽게 들려온 신녀의 목소리에 놀라 눈을 크게 치떴다. 아무리 둘러봐도 신녀는 보이지 않는데 분명 목소리를 들은 것 같았기 때문이다.

"지금 신녀의 목소리가 들리지 않았소?"

악승이 천마십팔로를 돌아보며 물었다. 하나 그 누구도 악승의 질문에 대답하진 않았다. 아무 소리도 듣지 못한 것이다.

'어찌 이런 일이……'

악승은 자신의 귀를 매만졌다.

분명 신녀의 목소리가 들렸었기 때문이다.

임시 거처 안.

신녀는 어디로 갔는지 보이지 않았고 오직 용악만이 잠든 모습으로 침상에 누워 있었다. 아니, 좀 더 정확한 표현으로는 침상 위에 반 치 정도 떠 있었다.

용악은 은은한 빛무리에 의해 감싸인 채 평온한 표정으로 잠들어 있는 것처럼 보였다.

평온함을 느끼는 이유는 간단했다.

출혈이 있다는 것을 알았지만 어디를 지혈해야 할지 몰랐다가 원인을 찾은 것이다.

몸에서 빠져나가는 기운을 무언가가 막아주고 있었다. 그로 인해 단전은 빠져나간 기운을 재흡수했고 그것을 몸으로 되돌려 주었다.

무의식중에 천마수를 의지했던 모양이다. 단전으로부터 끌어올린 기운 중 일부분이 자연스럽게 손을 통해 외부로 빠져나갔다.

무공을 펼치는 데엔 아무 지장이 없었기에 용악은 의식하지 못했다. 손을 통해 빠져나가던 기운이 무언가에 붙잡혀 손끝에 맴돌 때에야 그것을 인식할 수 있었다.

그러다 문득 한 가지 문제가 떠올랐다.

몸은 어느 정도 조율이 가능하게 됐다고 하지만 힘을 사용할 때는 어떻게 막고 있는 기운을 열어야 하는가?

용악의 생각이 전해지자마자 몸에 변화가 일어났다.

전신을 감싸고 있던 빛무리가 옅어지더니 용악의 손끝에 맺힌 백색 기운이 밖으로 빠져나갈 수 있도록 해준 것이다.

파앗!

우— 웅—!

갑작스럽게 커진 음향과 함께 임시 거처가 한껏 부풀어 올랐다.

"……!"

지켜보던 악승의 입이 쩍 벌어졌다.

임시 거처가 곧 토해낼 기운의 양이 어느 정도 되는지 직감적으로 느낀 까닭이다.

"물러서라!"

악승은 부랴부랴 소리친 후 곧장 몸을 날렸다.

아직 안에는 신녀가 남아 있었다. 안의 상황을 보지 못한 악승의 생각으로는 그랬다. 하나 몸을 피하고 있는 악승에게 신녀까지 챙길 여유 따위는 없었다.

콰콰콰!

탄생. 빛무리 수십 줄기는 임시 거처를 마치 어미의 자궁처럼 박차고 튀어나왔다. 잉태였다. 한 번도 나와 보지 못한 세상으로의 첫발을 내디딘 것이다.

빛무리 중 하나가 땅과 충돌을 일으켰다.

꾸— 왕!

애꿎은 땅이 제멋대로 찢어지며 이무기가 지나간 듯한 형상을 이루었다.

끄드등— 와르르르—!

벽 뒷면으로 날아오르던 빛무리 하나가 절벽과 부딪치며 돌무더기를 떨어뜨렸다. 하나 임시 거처에 피해를 주진 못했다. 돌무더기가 임시 거처에 도달하기도 전에 재로 변했기 때문이다.

“이게 무슨 소리죠?”

부용이 깜짝 놀라 소리치며 자리에서 일어났다.

죽영 등 세 사람은 곧장 밖으로 나갔다.

네 사람이 묵고 있는 거처는 용악의 임시 거처 오른쪽 뒤편에 자리하고 있었다.

“가보자.”

죽영이 앞장을 섰고 나머지 세 사람이 뒤따라 움직였다. 하나 그들은 절벽 뒤쪽으로 돌아서기도 전에 멈춰야 했다.

“거기 가만히 있어!”

네 사람 앞을 엄청난 속도로 지나치던 악승이 급하게 손을 휘저으며 소리쳤다. 그러자 엄청난 바람이 네 사람을 향해 몰아쳤다.

네 사람은 무슨 상황인지도 모른 채 곧장 악승이 일으킨 바람에 대항하려 손을 뻗었다. 하지만 네 사람의 반격은 악승의 바람과 부딪치자 힘을 잃고 말았다.

주르륵.

네 사람은 어이없는 표정으로 서로를 마주 보았다.

정군산의 교검 넷이 악승의 손짓 하나에 물러선 것이다. 네 사람의 얼굴에는 믿을 수 없다는 표정이 역력했다.

"악 대협!"

부용이 화가 나 지나치는 악승을 불렀다. 하나 악승은 부용의 말을 들은 척도 하지 않고 더욱 빨리 신법을 펼쳤다.

부용은 기가 막힌 표정으로 곧장 악승의 뒤를 쫓으려 했다.

"부용, 가지 마."

"이거 놔. 우리가 왜 이런 대접을 받아야 하는… 어어… 피해! 모두!"

부용은 말을 멈추자마자 곧장 몸을 날려 죽영 등을 덮쳤다.

콰콰콰!

죽영은 넘어지는 부용을 부축했고, 검성호와 만우흔은 영문을 모르겠다는 표정을 짓고서 부용의 뒤쪽을 쳐다봤다. 그 순간, 검성호와 만우흔은 망설임없이 부용의 뒤쪽을 향해 장력을 날렸다.

몸을 날리는 부용을 향해 거대한 먼지구름이 덮쳤기 때문이다.

"이게 무슨 난리지?"

검성호는 다가오는 먼지구름을 검풍으로 날리며 악승이 사라진 방향과 절벽 뒤쪽을 번갈아 쳐다봤다.

"세상에……!"

부용이 놀라서 입을 쩍 벌린 채 임시 거처 주위를 둘러봤다. 그 평평하던 공간이 완전히 쑥대밭이 되고 말았다. 그나마 무사한 곳은 임시 거처밖에 없었다. 구멍이 몇 군데 뚫려 있기는 했지만 별다른 이상은 없어 보였다.

적어도 거대한 구렁이 수십 마리가 지나간 것 같은 땅이라든지, 이무기가 승천하려다 절벽에 부딪친 것 같은 위쪽에 비하면 그랬다.

"너무 놀랄 것 없네."

뒤쪽에서 악승이 천마십팔로와 함께 내려섰다.

악승의 살찐 얼굴에선 이렇다 할 것을 읽어내긴 힘들었다.

"악 대협, 도대체 무슨 일이 있었던 거죠?"

부용이 나섰다.

"일이라… 아! 먼저 알려줄 게 있네. 주군께서 돌아오셨네."

악승의 말에 부용은 곧장 임시 거처를 쳐다봤다.

"붐. 하지만 지금은 만나 뵐 수 없네. 내가 보기에… 진지한 대화 중이신 것 같으니 말이야."

"예? 진지한 대화라니요?"

"주위를 이렇게 만드신 걸 보면 모르겠나?"

"……?"

부용은 주변을 돌아보는 악승의 말이 무슨 뜻인지 몰라 어리둥절한 표정을 지었다.

죽영은 악승의 시선이 무엇을 의미하는지 어림짐작으로 알 것 같았다. 용악 정도의 고수라면 주변을 이렇게 만드는 것이 어려울 리는 없었다.

"신녀와 함께 계시네."

"신녀라면……."

"그래, 자네들도 봤지."

악승은 대답을 하면서도 임시 거처에 시선을 떼지 못했다. 안에서 무슨 일이 벌어지는지 누구보다 궁금한 사람이 악승이었다.

신녀의 당부만 아니었다면 벌써 안으로 들어갔을 것이다.

불편하기만 하던 곤에 대한 생각이 한 번의 출수로 완전히 뒤바뀌었다. 손에서 기가 발출되는 순간, 전신을 감싸는 부드러운 촉감이 느껴졌다.

곤이었을 것이다.

천마벽과 같은 무형의 기였지만 용악의 기와 상생하지 않고 그 자체만으로 존재하는 것. 보의(保衣)라 해야 옳았다.

그 느낌은 천마수를 처음 겪을 때와 흡사했다. 기는 용악의 것이었지만 천마수를 통해 나온 힘은 전혀 별개의 것처럼 느껴졌던 그 느낌과.

착 감기는 감촉.

몸에서 빠져나온 기운이 빠져나가지 못하고 전신을 맴도는 느낌.

용악이 곤의 존재를 인정하자 전신을 감싸고 있던 빛무리가 서서히 투명하게 변해갔다. 진즉에 하나가 됐어야 하는데 용악의 거부반응 때문에 늦춰졌다.

이내 빛무리는 완전히 용악의 몸으로 스며들었고, 그에 따라 용악의 얼굴도 편안해졌다. 끊임없이 분출되던 기가 재흡수되면서 두통도 사라지고 충만한 느낌이 전신을 누볐다.

아주 기분이 좋아졌다.

용악이 임시 거처에서 나온 것은 자정이 다 되어갈 즈음이었다.

하늘에는 별들이 전쟁이라도 벌이는지 크고 작은 유성들이 끊임없이 흐르고 있었다. 천공에 박혀 움직일 줄 모르는 거대한 별들은 유성들의 재롱이 흥겨운지 한껏 밝은 빛을 세상으로 내려 보냈다.

용악은 밖으로 나오자마자 헝클어진 머릿결을 한 손으로 쓸어 넘겼다. 기다리는 사람들이 보였다. 악승과 천마십팔로, 그리고 부용 등 정군산에서 온 네 남녀까지.

"다들 잘 지냈나?"

용악의 입에서 나온 첫 마디였다.

용호산에 도착했을 때와는 전혀 딴판의, 이전의 용악으로 완전히 되돌아온 모습이었다.

"주군을 뵙습니다."

악승을 시작으로 천마십팔로, 려군 등이 일제히 무릎을 꿇었고, 부용 등도 포권을 취해 예를 갖췄다.

"신녀는? 신녀가 보이질 않는구나, 악승?"

용악이 악승을 돌아봤다.

악승은 용악의 질문에 눈만 껌뻑일 뿐 대답하지 못했다. 당연히 용악과 함께 나올 줄 알았기 때문이다.

"악승, 묻잖아."

"그, 그러니까… 주군과 함께 계시지 않으셨습니까?"

"있었지, 곤을 전하기 전까지는."

"곤!"

악승이 깜짝 놀라 외쳤다.

용악은 악승이 곤에 대해 알고 있다는 반응을 보이자 이채를 발하며 바라봤다.

"정녕 신녀가 전한 것이 곤입니까?"

"그래, 분명 신녀가 그리 말했다."

용악의 대답에 악승의 표정이 일그러졌다.

신녀가 어딘가로 떠날 것 같았던 이유를 그제야 안 까닭이다.

"악승……."

"주군, 잠시 저와 따로 말씀을 나누시지요."

용악은 악승의 낯선 반응에 시선을 들어 하늘을 올려다봤

다. 검은 것은 바탕이고 촘촘히 박힌 것은 별인데 그중 하나가
길게 꼬리를 달며 떨어져 내리고 있었다.

구멍 숭숭 뚫린 임시 거처 안으로 들어온 악승은 빠르게 말
을 꺼냈다.
"신녀가 주군께 전한 것이 곤이라면… 신녀는 앞으로 볼 수
없습니다."
"볼 수 없다?"
"이미 이 세상 사람이 아닐 테니까요. 신녀가 곤을 전할 때
이상한 점을 못 느끼셨습니까?"
'신녀가 죽었다!'
충격이었다.
용악은 신녀가 어떻게 죽었는지 굳이 생각할 필요도 없었
다. 용악에게 한 번도 대꾸하는 적이 없던 신녀가 침상에 눕지
도 못하게 했고 전할 것이 있다며 반결력이란 수법까지 사용
했다.
용악이 말이 없자 악승은 다시 입을 열었다.
"곤의 용도는 보의입니다. 천마만이 입는 보의. 그래서 천
마보의라고도 불립니다. 물론 역대 모든 천마가 입었던 것은
아닙니다. 제가 천산에서 천마수를 찢으시면 진정한 천마가
되실 거라고 말씀드린 것을 기억하십니까?"
"…기억한다."
멍한 상태에서도 용악은 고개를 끄덕여 대답했다.

"천마수를 찢어야만 곤을 입으실 수 있기에 그리 말씀드린 것입니다."

'신녀는 알고 있었던가?'

용악은 신녀를 처음 만났을 때를 떠올렸다, 천마삼보를 전하며 곤에 대해서는 입을 꾹 다물던 그 모습을.

"악승, 내가 지금 곤을 입은 거냐?"

"당연하지요. 곤이 아니면 주군의 힘을 안정시키지 못했을 겁니다."

"안정? 내가 그렇게 불안정했나?"

"외람되지만 저는 주군이 아니신 줄 알았습니다."

"그래서 신녀가 곤을 전한 거군."

"때가 됐다고 했습니다. 제가 알기론 곤은 천마수에 비할 바가 아닌 신비한 힘입니다."

"신비한 힘?"

"신녀의 모든 능력과 염원이 담긴 옷이니 당연히 신비한 힘이라고 해야겠지요."

'염원……'

천마수를 꼈을 때와는 또 다른 느낌.

신녀의 염원이 담긴 것이라 그런지 편안했다.

신녀는 어떤 염원을 위해 자신을 희생했을까? 아니, 희생까지 하면서 무엇을 이루고자 했을까?

용악은 숨을 깊이 들이마셨다가 뱉어냈다.

신녀에게 받은 것은 곤만이 아니라 그 곤을 통해 해야 할일까지 받은 것이다.

죽음도 불사하면서까지 전하고 싶었던 것.

용악이 천마로서 살아가는 동안은 늘 따라다닐 짐이 될 것이다. 물론 용악은 그 짐을 거부할 생각이 없었다.

"온전히 받아주겠어."

용악 스스로의 생각에 대한 대답이었다.

"역대 신녀는 천마를 위해서만 존재해 왔습니다. 하나 신녀는… 혈교의 세월과 함께했습니다. 전대 교주께서 만드신 혈교에서 갈라진 혈교까지 모두 봤지요. 주군께서 만드실 혈교를 위해서 기꺼이 그리했을 거라 여겨집니다."

"결국은 신녀의 삶이 곧 혈교였던 건가?"

"신녀뿐만 아니라 저와 천마십팔로 역시 마찬가지입니다."

'그것이 신녀의 신념일까?

혈교는 사파의 거대 세력 이름이 아니고 그것을 이루는 사람들의 신념의 다른 이름이었던 것이다.

용악에게도 마찬가지였다면 좋았겠지만 용악에겐 혈교가 아닌 천산이 있었다.

신녀와 악승과 천마십팔로에게 당연한 것이 아직은 용악에게 당연하지 않은 모양이다. 용악은 무의식적으로 손을 들어 자신의 팔과 어깨 등을 어루만져 보았다.

신녀가 전한 곤의 감촉은 느껴지지 않았지만 무언가가 전신을 감싸고 있는 것은 느껴졌다. 팽팽하게 피부를 긴장시키는 감촉.
　“염원은 이루어져야지.”
　용악이 고개를 끄덕였다.
　많은 사람들의 염원에 대한 답이었다.

第三章
척살단

천산마제

"합! 하압!"

날이 갈수록 서늘함이 깊어졌으나, 여의단 섬서 지부 내 연무장은 오히려 뜨겁게 달궈져 있었다.

구릿빛 등 근육이 인상적인 청년이 먼저 시범을 보였고, 상체를 탈의한 건장한 청년들이 기합과 함께 동작을 따라 했다.

힘껏 휘두르는 무기들에서 바람 소리가 일었다.

"잠시 쉬었다가 다시 시작한다."

백여 명은 족히 될 것 같은 인원에게 명령을 내린 흑발의 미청년은 호흡을 조절하고는 웃옷을 입었다.

"사형, 얘기 들었어요?"

열일곱 살쯤 되어 보이는 곱상한 소년 한 명이 쪼르르 달려오더니 웃옷을 입는 청년, 진영 옆에 서서 조잘댔다.

"얘기? 무슨 얘기?"

"에이."

"……?"

"여의단을 노리는 척살단 얘기요."

"척살단?"

"감숙 지부 칠십 명……."

"연아, 아서라. 있지도 않은 일을 입에 담았다가는 지부장님 께서 경을 치실 게다."

"그게 왜 있지도 않은 일이에요? 홍서, 아진, 구시호. 쟤네들 이 거짓말을 했을 리 없잖아요."

"그래, 좋다. 그런 일이 있었다고 하자. 그게 뭐?"

진영은 호기심 가득한 류연을 보며 심드렁하게 되물었다. 원체 다른 일에는 무심한 진영이기도 했으나 류연에겐 이렇게 대하지 않으면 곤란했다. 어설프게 대답이라도 했다가는 하루 종일 쫓아다니며 물을 게 뻔한 탓이다.

"사형은 아무렇지도 않아요?"

"내가 왜?"

"곧 이곳에도 올 거 아녀요?"

"……."

진영은 류연의 반문에 순간적으로 말문이 막혔다. 요 며칠 수련을 빡빡하게 하는 이유가 척살단과 관련있음을 진영 역시 잘 알고 있기 때문이다.

"그런 일에 신경 쓸 여력이 있으면 좀 더 수련… 아니다. 연이 너는 내가 특별히 개인지도를 좀 해줘야겠다."

"예? 말도 안 돼요!"

류연은 화들짝 놀라 재빠르게 뒷걸음질 치며 소리쳤다.

"녀석도."

진영은 귀여운 사제의 모습에 웃음을 지었다가 이내 심각한 표정을 바뀌며 후원 쪽을 쳐다봤다.

후원에는 어제저녁 진영을 불렀던 사문의 존장인 곤륜기뢰 죽천이 묵고 있었다.

"진영아, 너도 그들에 대해 들었느냐?"

"예, 사숙."

"아직 총단에선 그들에 대한 지시가 내려오지 않은 상황이다. 하나 몇몇 지부는 이미 그들과 싸울 준비를 하고 있구나. 우리 섬서 지부 역시 마찬가지다."

"……."

"감숙 지부에서 가까운 지부 중 가장 규모가 작은 곳은 우리 섬서 지부다. 무슨 뜻인지 알겠느냐?"

"각오하고 있습니다."

"각오? 후후. 진영이 네가 그분의 손자임을 내 어찌 모르겠느냐. 하나 그들은… 감숙 지부장님을 삼 초 만에 살해했다고 한다."

"사, 삼 초!"

"총단에 서찰을 보냈으니 내일이나 모레쯤엔 답신이 도착할 것이다. 그전까지 제자들이 다른 생각 하지 못하도록 네가 수련을 시키도록 해라."

"알겠습니다."

"그리고… 풍제께서 오신다고 하는구나. 아마도 그들에 대해 들으신 모양이다."

어제 죽천과 나눈 대화의 전부였다.

말을 마친 죽천은 차 한 잔도 들지 않고 대전으로 돌아갔다. 진영은 그 모습을 잊을 수가 없었다. 죽천은 곤륜파 내에서도 열 손가락 안에 드는 고수였다.

척살단이라는 자들이 얼마나 강한지를 단적으로 보여주는 예라 할 수 있었다.

"할아버지께서 오신다."

진영의 목소리에 죄송스러움이 묻어났다.

할아버지, 풍제 진고여가 평생을 바친 거풍문의 무공이 싫어서 도망쳤다.

거풍문의 무공은 일정 이상의 경지에 오르기 전까지는 누가 봐도 흉하다 싶을 정도로 자세가 이상했다. 그에 반해 구대문파의 무공들은 멋있었다.

단지 그 이유 하나만으로 거풍문을 박차고 여의단에 입단했다. 진영이 꿈에도 그리던 멋진 무공은 죽천을 통해 보게 됐다.

멋있었다.

일 년이 지나고 삼 년이 지났을 때 진영은 아득해졌다. 곤륜파의 무공 깊이가 그의 상상을 뛰어넘을 정도로 깊었기 때문이다.

어릴 때부터 다져온 거풍문의 무공 덕분에 육 년이 지난 지금은 그나마 누구나 인정할 정도의 고수가 되기는 했다.

그러다 죽천으로부터 오악무제에 대해 듣게 됐다, 그들의 극강한 무공에 대해, 그들을 얼마나 존경하는지에 대해.

홧김에 집을 떠난 진영에게 단 한 번도 꾸지람을 하지 않았던 진고여가 오고 있었다, 오랜 은거를 깨고 가문의 장손인 진영이 위험하다는 것 하나 때문에.

"나 때문에……"

진영은 눈시울이 괜히 붉어졌다.

*   *   *

청죽림주는 가마에 올라탄 채 먼 곳을 응시했다.

"이번엔 어딜 칠까……"

여의단 감숙 지부를 박살 내놓았으니 반응이 올 만도 한데 아직 이렇다 할 보고를 받지 못하고 있었다.

"사천보다는 섬서와 귀주 중 한 곳을 정하시는 것이 좋을 듯합니다."

가마를 메고 있는 장정들이 한 말이 아니라 허공에서 불쑥 나타난 목소리였다.

"어디가 좋겠느냐, 비령?"

"섬서에는 여의단 섬서 지부 외에도 화산파와 종남파가 있습니다."

지심대인의 그림자가 영령이라면 청죽림주에겐 비령이 존재했다. 부르는 이름은 달라도 그림자란 역할은 똑같았다.

"그래? 다 쓸어버릴까?"

청죽림주가 느슨하게 물었다.

"굳이 안 그러셔도 될 것 같습니다. 여의단의 대응은 늦어도 오 일 안에 이루어지고 지급과 인급 좌위들이면 충분히 각 지부의 떨거지들을 처리할 수 있습니다. 더구나 빙궁의 일이 끝나면 사마중경은 전면에 나서지 않고는 버티기 힘듭니다."

"요요가 잘 처리하겠지."

"비화, 비린을 붙여놓았으니 염려하지 않으셔도 될 것 같습니다."

"빙제의 딸이 사마중경의 아들놈과 연관이 있다니 재미있구나. 빙궁의 일이야 그렇고, 주변은 잘 장악하고 있는 거냐?"

"물론입니다. 척살단이 제대로 공포심을 심어주고 있습니다."

"척살단?"

"여의단을 척살한다고 해서 사람들이 지급과 인급 좌위들을 그렇게 부르고 있습니다."

"척살단! 그 이름 마음에 든다. 후후후."

“지부 하나를 쓸어버릴 때마다 주변을 장악하니 사람들이 여의단을 원망하고 있습니다. 왜 자신들을 돌봐주지 않느냐고 합니다.”

“돌봐줘?”

“여의단에서 해왔던 역할이 그런 것이었던 모양입니다.”

“돌봐준다? 사마중경이 약해도 되게끔 모두 만들어놓았구나. 그래도 이 정도에 고민을 하면 본좌로서는 실망인데.”

청죽림주는 미간을 찌푸리며 혀를 찼다.

청죽림을 떠날 때만 해도 발 빠른 여의단의 대응으로 한동안은 재미있는 여정을 즐길 수 있을 거라 여긴 까닭이다.

그러나 기대감으로 뛰었던 심장이 서서히 식어가고 있었다. 여의단의 지부들이 무너지는데 사마중경의 흔적은 어디에도 보이지 않고 있기 때문이다.

‘사마중경, 네 아들 일에도 그리 여유만만한지 한번 지켜보자꾸나.’

*   *   *

감숙성 북쪽 끝자락에서 말을 달려 이틀을 더 가면 투명한 호수가 나온다. 일 년 내내 얼음이 얼어 있는 곳이라 해서 무온지대(無溫地代)라 불리는 이 호수에는 몇백 년 동안 자리를 지키고 있는 궁이 있었다.

빙궁.

건물 외벽은 물론 내부까지 온통 얼음으로 도배를 하다시피 한 이곳의 주인은 빙제 항해민이었다. 그 빙제가 지금 대노한 채 호법들에게 화를 내고 있었다.

"예연이가 반나절 동안 보이질 않는데 찾아볼 생각도 하지 않았다는 말이냐!"

항해민의 호통에 호법 네 명은 고개를 숙인 채 아무 말도 하지 못했다. 항해민의 손녀인 항예연의 신변 보호는 그들의 책임이 아니었다. 궁의 일로 바쁜 그들에게 항예연의 보호까지 책임지라고 한다면 억울할 수밖에 없는 것이다.

그러나 빙궁에서 항해민의 말은 곧 법이다.

항해민이 말은 하지 않았어도 항예연을 네 호법이 보호할 줄 알았다고 한다면 그랬어야 하는 것이다.

"곧 수하들을 풀어 찾아보라고 지시를 내리겠습니다."

"어떻게? 예연이가 어디로 간 줄 알고!"

항해민의 손녀 사랑은 이미 빙궁 전체가 알고 있었다. 아들은 장성했으나 빙궁을 이어받을 재목이 아니었고, 딸들은 애초에 무공을 가르치지 않았다.

그런 때에 항해민의 고민을 한 번에 해결해 준 후계자가 나타났다. 바로 손녀 항예연이었다. 빙궁 안은 갑갑하다고 밖에서 노는 걸 좋아하고 한기를 두려워하지 않는 체질의 손녀 항예연이야말로 다음 대 빙궁주로 적격이었던 것이다.

그런 손녀가 무려 반나절이나 보이질 않았다. 지닌 무공만 해도 빙궁의 고수들이 절레절레 고개를 흔들 지경이었지만 항해민에겐 어린 소녀로밖에 안 보였다.

"왜 안 움직여? 지금 예연이가 화라도 당하길 바란다는 게냐!"

"아닙니다!"

"그럼 어서 데려와!"

네 호법은 진땀을 흘리며 곧장 항해민의 방을 나왔다. 빙궁 내에서 그들을 이런 식으로 다룰 수 있는 사람은 오직 항해민밖에 없었다.

무혼지대는 빙궁에서 설마(雪馬)로 반 시진가량은 족히 내달려야 도착할 거리에 있었다. 항예연은 특유의 호전적인 성격 때문에 자주 무혼지대로 나왔다.

이곳으로 나오면 뼈를 얼릴 것 같은 냉기가 시도 때도 없이 불어오지만 항예연은 그 바람을 즐겼다. 몸이 개운해지는 냉풍을 하루에 한 번은 쐐야 몸이 편안해지기 때문이다.

"아가씨, 그만 돌아가시지요?"

항예연을 보필하고 나온 진파가 걱정스러운 눈으로 말을 건넸다. 평소 그녀 역시 이곳을 좋아했지만 오늘은 이상하게 일찍 돌아가고 싶었다.

"왜? 이대로 좀 더 있자. 이 바람이 얼마나 그리웠는지 몰라."

항예연은 진파의 재촉에도 아랑곳 않고 가부좌를 풀지 않았다. 항예연의 빙백신공이 나날이 성취가 느는 가장 큰 이유가 여기에 있었다.

진파는 어쩔 수 없다는 듯 그녀 특유의 냉정한 눈매를 잃지 않고 주위를 감시했다. 두 여인이 있는 곳은 바람이 유난히 강해서 장애물이 적은 곳으로, 진파가 크게 신경 쓰지 않아도 되는 곳이었다.

진파도 눈을 감고 바람 소리에 귀를 기울일 때였다.

"어머, 너무 아름다우세요."

"……!"

진파는 놀라서 하마터면 심장이 터질 뻔했다.

갑작스럽게 들려온 목소리는 여인의 그것이었다.

여인 중에 그녀와 항예연의 이목을 속일 정도의 고수는 근처에 없었다.

"누구냐?"

진파는 목소리가 들려온 방향으로 고개를 돌리며 검으로 손을 뻗었다.

"그건 안 될 말이지. 일을 번거롭게 하지 말자."

"……!"

진파의 손에 잡힌 것은 검이 아니라 전신을 검은 옷으로 감싼 남자의 손이었다. 차가웠다. 옷이 특수 제작된 모양이다.

"누구……."

"너를 잠시 쉬게 해줄 사람."

검은 복장의 사내의 말은 그것으로 끝이었다.

진파는 쓰러지면서 안간힘을 다해 항예연에게 소리치려 했으나 이미 입이 마비된 뒤였다.

'아가씨……'

털썩.

"진파!"

항예연은 들려온 목소리에 일어나자마자 빙백신공을 쏟아냈고, 곧바로 몸을 날렸다.

쩌저쩡—!

"아……."

몸을 날리던 항예연의 입에서 허무한 목소리가 흘러나왔다. 그녀의 빙백신공이 일 장 앞까지도 못 뻗어나가 빙막을 형성해 버렸기 때문이다.

"한음투골조라고 해요. 들어봤나요?"

빙막 너머 저편에 방긋 웃는 얼굴의 미녀가 걸어왔다. 특이한 복장을 한 여인이었다. 이 추운 곳에 가슴을 반 이상 드러내고 있었다.

"금지무공."

"호호호! 그거야 너희들이 그렇게 부르는 것이고, 내게는 참으로 애착이 가는 무공이지. 내 이름은 요요. 너를 잠시 동안 보관하고 계실 분이야."

청죽림주의 명령으로 빙궁에 온 요요였다.

"보관?"

"네가 여의단주의 아들 사마화인과 가깝다고 들었거든. 너를 데리고 있으면 사마화인이 오지 않겠어?"

요요는 당황하는 항예연을 보며 사이한 웃음을 지었다. 항예연의 습관은 유명해서 빙궁에서 모르는 사람이 없었다.

죽이기 쉬운 몇 놈을 잡아서 고문하니 항예연이 이곳으로 매일같이 나온다는 정보를 얻었다.

"두 분, 보고하세요. 임무를 완수했다고."

요요가 돌아서자 반쯤 드러난 젖가슴이 출렁이며 진파를 제압한 그림자 둘을 향했다.

삐이—!

두 사람이 각기 다른 휘파람을 불자 침묵하던 무온지대 근처가 들썩이더니 나무들이 흔들렸다.

요요를 호위하던 비화, 비린이 움직인 것이다.

*　　　　*　　　　*

자인건은 짧은 다리를 최대한 빠르게 움직여서 중앙 전각 최상층으로 올라갔다.

사마중경이 돌아왔다.

재빨리 문을 열고 들어가자 태사의에 앉은 사마중경이 자인건을 반겼다.

"자 총관, 원로들을 모두 대전으로 모이라고 하게."

"예?"

"화인이도."

"아… 언제……."

"지금 당장."

"……."

"움직여야지?"

"아! 예!"

자인건은 사마중경의 굳어진 얼굴을 너무 오랜만에 봐서 얼떨떨한 표정으로 쳐다보다 화들짝 놀라 문을 나섰다.

'도, 돌아오셨다! 예전의 단주님께서 돌아오셨다!'

자인건의 입가에 웃음이 걸렸다.

그동안 장난스러웠던 사마중경이 대하기는 편했으나 역시 지금처럼 강력한 모습의 사마중경이 보기 좋았다.

사마중경이 명령을 내린 지 반 시진도 지나지 않아 사마화인과 원로 스물네 명은 여의대전으로 들어섰다.

영문을 몰라 서로를 보며 묻기 바빴다.

"다들 오셨소. 화인이도 왔구나."

대전에 모인 자인건까지 스물여섯 명의 시선이 일제히 단위를 향했다. 그곳에는 오연히 서서 그들을 내려다보는 거인 사마중경이 서 있었다.

"설명은 나중에 하겠소. 총관은 대전 밖으로 나가 내가 허락할 때까지 문을 열어서는 안 된다. 화인이는 대전 중앙에 가부좌를 틀고 앉아라."

"아버님……."

"앉아라."

"……."

사마화인은 입을 다물었다.

이유를 묻고 싶은 것이 이 순간만큼은 마치 사마화인의 욕심처럼 느껴진 까닭이다.

"원로들께선 화인이를 기준으로 팔방을 겹쳐서 앉아주시오."

"팔방, 겹이라면……."

소림 전대 장문인 혜연 대사는 눈을 지그시 감으며 고개를 끄덕였다. 원로들 중 몇몇은 사마중경의 명령이 무엇을 의미하는지 아는 눈치였다.

"허허허, 때가 됐군요. 모두 포라만상진(包羅萬象陳)을 준비하시오."

"아!"

몇몇 원로들이 그제야 사마화인의 명령을 이해하고 각자의 자리로 이동했다.

여덟 명만 있으면 만물을 감싼다고 해서 만들어진 진으로, 이 진이 발동되는 경우는 오직 한 경우 외엔 없었다. 한 사람에게 진기를 전해줄 때였다.

여덟 명의 진기가 균등히 한곳으로 전해지게 된다고는 해도 성질이 다른 진기들이 온전히 한 사람에게 전해질 리가 없었다. 그것을 보완한 것이 바로 스물네 명이 세 겹으로 나누어 각자의 성질을 없애 버리는 것이다.

"화인아, 뇌정신기를 끌어내 보아라."

사마중경이 두둥실 허공으로 떠오르며 명령하자, 사마화인

은 몇 번 입술을 움찍거리다 결국 뇌정신공을 운기하고 말았
다.

　일각도 지나지 않아 사마화인의 전신은 푸른빛으로 물들었
다. 사마화인의 나이를 고려하면 상당한 발전이었으나 사마중
경은 만족스럽지 못했던 모양이다.

　손을 들어 사마화인을 누르는 시늉을 했다.

　그러자 스물네 명의 진기가 타오르는 불꽃 모양이 됐다가
이내 고스란히 사마화인의 머리 위로 떨어져 내렸다.

　사마화인은 거대한 압박이 내리누르자 그 힘에 대항하기 위
해 전력을 다해 운기를 할 수밖에 없었다.

　그 과정은 무려 두 시진이나 이어졌고, 서서히 사마화인의
머리 위로 푸른색 연기가 피어오르기 시작했다.

　“잊지 마라. 이 느낌이 뇌정보다. 이 정도의 압박감에서 자
유롭게 움직일 수 있을 때에야 뇌정신기로 형태를 구현할 수
있게 된다.”

　‘뇌정보?’

　사마화인은 머릿속을 울리는 사마중경의 목소리에 깜짝 놀
랐다. 눈조차 뜨지 못하는 상태인데도 사마중경의 목소리는
또렷이 들을 수 있었다.

　“스스로 지금의 압력을 만들어낼 수 있을 때까지 만들어라.
그래야 뇌정신기가 저절로 네 몸과 하나가 된다.”

　‘뇌정보가 이 정도의 압력이 있어야 펼쳐진다?’

　사마화인은 그동안 가졌던 의문이 한순간에 해결되는 것을

느꼈다. 지금껏 사마중경이 무공을 알려주긴 했지만 정작 실전에서 사용할 수 있는 것은 극히 일부분에 국한됐었기 때문이다.

"네가 지니고 있는 뇌정구는 사실 네 안에 있는 뇌정신기를 꺼내지 못하도록 하는 금제였다. 너는 뇌정구를 통해서만 뇌정신기를 발휘할 수 있다고 믿었겠지만, 뇌정신기는 뇌정구가 없어야 사용할 수 있는 무공이다. 네가 뇌정신기에 견딜 수 있는 몸이 되어야 가능했기에 전하지 않았던 게다. 이젠 됐다. 오늘의 이 과정이 끝나면 너는 뇌정신기를 사용할 수 있는 두 사람 중 한 명이 된다."

'두, 두 사람 중 한 명? 아버님께서 지금 나를 한 명의 무인으로 인정하신다는 말씀이신가?

단 한 번도 사마중경의 인정을 받아본 적이 없는, 아니, 그렇게 생각하며 살아온 사마화인으로서는 당연히 놀랄 수밖에 없었다.

성장은 스스로 해야 한다며 여의단을 맡기고 사라졌던 분이, 그토록 엄격하게 대하던 분이 처음으로 사마화인을 인정한 것이다.

사마화인은 눈꺼풀을 부르르 떨며 이를 악물었다.

사마중경의 목소리를 듣는 순간 전신을 내리누르는 압박 따윈 문제도 되지 않았다. 그 정도 압박은 언제든지 이겨낼 수 있었다.

사마화인이 대전의 중앙에서 스스로 뇌정신기를 일으키고 지우길 반복하는 수련이 며칠째 계속됐다.

사마중경은 가급적이면 사마화인의 수련에 신경을 쓰지 않으려 했다. 줄 수 있는 도움은 이미 다 준 후였다. 자꾸 들여다봐야 사마화인에게 전혀 도움이 되질 않았다.

오늘도 사마중경은 앉은키만큼 숫은 서류를 보고 있었다. 대부분의 내용은 '그자들'에 관한 내용이었다. 물론 전부가 그들에 관한 내용은 아니었다.

턱.

사마중경이 두루마리를 내려놓으며 숨을 내쉴 때, 문이 열리며 다리 짧은 자인건이 달려들어 왔다.

"단주님!"

"뭐야? 왜 그렇게 숨을 헐떡거려?"

"크, 큰일 났습니다."

"큰일?"

사마중경의 눈에 이채가 감돌았다.

자인건이 저렇게 당황하는 모습을 본 기억이 오래된 것도 있지만 그럴 만한 일에 대한 보고를 받지 못한 까닭이다.

"감숙 지부에서 올라온 소식입니다."

"뭔데?"

"감숙 지부가… 괴멸됐습니다."

"뭐? 지금 뭐라고 했나?"

"감숙 지부가 사라졌다고 했습니다. 그들은 계속 움직이고 있고, 곧 사천, 섬서, 귀주 지부 중 한 곳을 공격할 것 같습니다."

자인건의 보고에는 누가 공격을 했고, 왜 공격을 하는지에 대한 내용이 빠져 있었다. 그런 실수를 할 사람이 아니기에 사마중경은 말을 끊지 않고 기다렸다.

"제 예상으로는 섬서 지부가 가장 확률이 높……."

"그들? 그들이 누구지?"

"그, 그들은… 예, 그러니까… 제가 말씀드리지 않았습니까?"

사마중경의 호통에 자인건은 더욱 정신이 없어졌는지 말까지 더듬으며 놀란 눈이 됐다.

"자 총관."

사마중경이 나직이 다시 한 번 입을 열었다.

"그들은 감숙 지부를 공격한 자들입니다. 세간에는 이미 척살단이란 이름까지 붙었습니다."

"척살단?"

"예, 단주. 감숙 지부를 공격한 자들의 대부분이 금지된 무공을 사용한다고 합니다."

"금지된 무공?"

"그렇습니다."

"흐음……."

사마중경은 턱을 쓰다듬으며 숨을 내쉬었다.

아마도 사마중경이 예상하는 그들이 맞을 것 같았다.

"각 성의 지부장들이 명령을 기다리고 있습니다. 이전 같으면 총령이 명령을 내렸을 테지만… 초, 총령의 상태가 그럴 수 있는…….."

자인건은 보고를 마쳤으면서도 다시 말을 더듬었다.

아직 보고할 것이 남아 있는 것이다.

"뭐야, 자 총관?"

"그것이… 초, 총령이……."

"화인이가 왜?"

"사라졌습니다."

"뭐? 화인이가 사라졌다고?"

"…예."

자인건은 이어질 호통을 생각하며 고개를 숙였다.

하지만 시간이 흘러도 사마중경에게선 아무런 말도 나오지 않았다.

"도망친 건가?"

사마중경의 목소리는 의외로 담담했다.

"알아보는 중입니다만 도망친 것은 아니고… 빙궁에 일이……."

"빙궁?"

사마중경은 뜬금없는 빙궁이란 말에 인상을 찌푸렸다. 이 상황에서 나올 수 없는 말인 까닭이다.

"그동안 보고드릴 기회가 없어서 미루었는데… 이전에 십인회 총단을 치러 갔을 때 두 사람이 만났습니다. 아마도 그때

항 소저가 마음에 들었던 모양입니다.”

“어허!”

알아들을 수 없는 자인건의 대답에 사마중경은 짧게 호통을
쳤다.

“항 소저를 구하러 빙궁으로 갔습니다. 총령이 수련하던 자
리에 이것이 있었습니다.”

자인건은 사마화인이 남겨놓은 것으로 추정되는 서찰 한 장
을 건넸다.

서찰의 내용은 간단했다.

청해로 갑니다.

“바보 같은 녀석…….”

사마중경은 태사의에 등을 기대며 관자놀이를 손가락 두
개로 문질렀다. 사마화인의 뇌정신기는 완성을 앞두고 있었
다.

“어찌하면 좋겠습니까? 오전에만 해도 있었다는 것으로 봐
서 청해로 떠난 지 반나절이 안 될 것 같습니다. 각 지부에 명
령을 내립니까?”

사마화인을 데려온다고 해서 해결될 문제가 아니란 것은 자
인건도 잘 알고 있었다. 하나 자인건으로서는 다른 대안이 없
었다. 일단 사마화인을 데려오고 그다음을 사마중경이 해결하
는 수밖에.

사마중경의 대답을 기다리며 시간이 흘렀다.

사마중경은 자인건의 질문이 끝났을 때부터 입을 꾹 다물고 아무 말도 하지 않았다.

머릿속이 복잡해졌기 때문이다.

오십 년 전의 그때와 똑같은 상황이었다.

'그때는 너희들이 움직여 달라는 대로 해주었지. 결과는……'

오십 년 동안 아내의 시신조차 찾지 못했다. 그것만 생각하면 사마중경은 피가 거꾸로 솟구쳤다.

'이번에는 다르다. 너희들이 당기면 당기는 대로 또 움직여 줄 것 같으냐?'

사마중경은 심각한 상황에 맞지 않게 웃었다.

웃을 수밖에 없는 것이, 어쩌면 지금과 같은 상황을 기다렸을지도 모르는 마음 때문이다.

"됐다. 각 지부는 척살단을 막는 것만으로도 벅찰 게야. 일단 가장 유력시 되고 있는 섬서 지부로 원로 네 분을 보내고, 다른 지부 역시 원로들을 보내 지원하도록 해. 그리고… 화인이의 일은 내가 알아서 하겠다."

"……!"

자인건은 자리에서 일어나는 사마중경을 보며 입을 쩍 벌렸다. 원로들에게 여의단의 정예들을 붙여주라는 말은 곧 사마중경이 또다시 혼자 움직이겠다는 의미였다.

"상황은 오십 년 전과 다르다."

사마중경은 오십 년이란 말을 하면서 기세를 크게 일으켰다.

"이번엔 놓치지 않는다."

퍼석!

사마중경이 일어난 태사의가 먼지를 일으키며 바닥으로 한 치 정도 파고들었다. 이미 일어날 때 손을 쓴 것이다.

*　　　*　　　*

콰쾅!

여의단 섬서 지부의 정문이 종잇장처럼 찢겨져 나갔다.

진영은 대열을 갖춘 상태로 정면에서 그 광경을 쳐다봤다. 정문을 찢어버린 것은 물체가 아니었다. 허무하게 찢겨진 정문 저 너머로 일단의 무리가 거침없이 다가오고 있었다.

턱. 누군가 진영의 어깨를 두드렸다.

"영아, 뒤로."

턱이 앞으로 돌출된 얼굴의 노인은 진영의 할아버지이자 오악무제 중 풍제로 불리는 진고여였다.

"그럴 수 없습니다."

"영아, 이 할아비가 왜 이곳까지 왔는지 모르겠느냐?"

진영은 대답하지 못하고 이를 악물었다.

진고여가 이곳으로 온 이유를 모를 리 없었다.

"여의단은 너를 대신할 인재가 얼마든지 있다. 하나 우리 거풍문에는 오직 너뿐이다, 영아."

“……!”

진영은 눈을 질끈 감았다.

사제들이 있고 친구들이 있었다.

진고여가 여의단에 도착했을 때 섬서 지부장 강명인이 직접 나와 마중했다. 그런 강명인에게 건넨 진고여의 첫 마디는 ‘영아는 돌려보내 주시오’ 였다.

진영의 자존심이 얼마나 상할지 알았다면 결코 그런 말을 하지 않았을 것이다.

“풍제의 말씀대로 하게.”

“지부장님…….”

“뒤로 물러서게.”

“저도 싸우겠습니다.”

섬서 지부장 강명인이 돌아섰다.

서늘한 봉목에 날 선 눈매가 진영을 향했다.

“자네, 정말 모르겠나?”

“…….”

“모르는군.”

“제가 아는 건 한 가지입니다. 사제들과 동료들이 있는 이곳에서 제 뼈를 묻…….”

짝!

진영의 뺨이 돌아갔다.

“어디서 그런 말을 하는 게야! 곽호, 진영의 자리는 네가 맡는다.”

강명인은 버럭 소리를 지르고는 누군가를 불렀다.

"지부장님!"

"자네가 있을 곳은 여기가 아니야."

주춤, 진영은 자신도 모르게 뒤로 물러섰다.

그 자리를 곽호란 청년이 맡았다.

"진 형, 우린 풍제께서 계시길 바라오."

곽호라고 진영의 마음을 모를 리가 없었다.

진영이 이곳에 남아 있으면 풍제는 손가락 하나 까딱하지 않을 것이라고 했다. 지금 여의단 섬서 지부에 필요한 사람은 진영이 아닌 진고여였다.

진영은 곽호까지 그리 나올 줄 몰랐기에 충격으로 얼굴이 창백해졌다.

"곽 형까지……."

"영아, 뒤쪽을 봐라. 너는 처음 보는 사람들이겠지만 저 푸른 옷을 입은 둘은 거풍문의 호법들이다. 함께 거풍문으로 돌아가라."

진고여의 깊은 눈이 진영을 향했다.

그는 이미 서찰로 강명인과 합의를 봤다, 진영을 거풍문으로 돌려보내면 한손 거들겠다는.

강명인은 여의단의 문제이니 그냥 진영을 데려가라고 했다. 하나 한번 내린 결정을 되돌리지 않는다는 진고여의 성품을 알기에 그랬을 뿐 지금은 한 사람의 손이 더 필요한 때였다.

'경기로 문을 찢을 정도의 고수가 몇이냐에 따라 이 싸움의

승패가 갈라진다.’

　진고여는 정문으로 들어서는 자들을 노려봤다.

　쉬익 바람이 일어남과 동시에 진고여의 신형이 그들을 향해 쏘아져 나갔다.

　펑!

　정문 한쪽에 내려선 진고여의 손에서 무형의 기운이 기둥처럼 만들어지며 들어서던 자들을 후려쳤다.

　“풍신!”

　진고여의 무공을 알아본 누군가의 입에서 탄성이 터졌다. 싸움은 기선을 누가 제압하느냐에 따라 승패가 좌우된다 해도 과언이 아니었다.

　“우오!”

　여의단 섬서 지부 무인들의 입에서 기합과 함께 움츠러들었던 기운이 폭발을 일으켰다.

第四章
반갑다
第四章
반갑다

천산마제

천산마제

악승은 날이 밝기가 무섭게 용악을 찾아갔다.

용악은 돌아온 지 며칠 되지도 않았는데 격전의 한가운데 있는 사람처럼 긴장을 풀지 않았다.

용악이 임시 거처로 삼고 있는 공터는 난리도 아니었다. 삐죽삐죽 솟은 바위 조각이며 너덜너덜하게 변한 땅이며, 사방 오십여 장 안에는 나무 한 그루 남아 있지 않았다.

악승은 오늘도 용악을 찾아왔다가 주변을 보며 고개를 절레절레 흔들었다. 난폭한 공간을 시도 때도 없이 바꾸는 거야 이해할 수 있지만, 언제 이렇게 만들었는지 알 수가 없는 까닭이다.

'주군께선 소리조차 마음대로 조절할 수 있게 되신 건가?

도대체 언제 손을 쓰고 거두시는 거지?

악승은 난폭한 공간을 지나치면서 인상을 썼지만 낯설지는 않았다. 천산에서 용악의 거처가 항상 그랬기 때문이다.

싸움이 끊이질 않았고, 그때마다 용악과 용악의 거처는 적들에 의해 너덜거렸다. 하나 그때와 지금은 완전히 달랐다. 그때는 소리를 듣고 용악을 도울 수 있었다.

'오!'

임시 거처 안으로 들어가려던 악승이 손으로 입을 막으며 속으로 탄성을 터뜨렸다. 임시 거처 안에선 용악이 가부좌를 튼 채 앉아 있었다.

얼굴은 어제와는 완전히 딴판이었고, 전신을 감도는 은은한 빛이 상서롭게까지 보이게 만들었다.

용악이 하는 동작은 두 가지였다, 손바닥을 폈다가 눕히는.

화웅― 우― 와웅―!

용악의 손동작 하나에 맞춰 기이한 음향이 울려댔다.

"왔으면 들어오지 뭐 해?"

용악은 손바닥을 아래로 내리며 숨을 골랐다.

"수련… 중이신 것 같아서……."

악승이 수련이란 말을 하다 슬며시 얼버무렸다.

용악에게 그 말이 어울리는지 스스로 생각해도 어색한 까닭이다.

용악의 전신에서 흘러나오는 기운은 여전히 강했다. 하지만 막상 임시 거처 안으로 들어서자 분위기가 확 달라졌다. 마치

겉은 딱딱하고 속은 부드러운 열매와 같다고나 할까?

악승은 여기까지 생각하다 자신도 모르게 웃었다. 임시 거처 밖이든 안이든 용악을 보는 순간 압도되는 것은 똑같았기 때문이다.

"아직도 조절이 잘 안 돼. 악승, 풍령을 일으켜 봐."

"예? 주, 주군께 말입니까?"

"그래."

용악의 표정은 단호했다.

저런 표정을 지을 때는 말을 길게 해선 안 된다. 악승은 곧 '붐' 하는 소리와 함께 손을 들어 올렸다. 풍령을 일으키려는 것이다.

고오오—

악승의 옷자락이 거꾸로 솟구칠 정도로 강력한 기운이 일어났다. 그리고는 그 자세 그대로 용악을 향해 뻗었다.

파슥.

칠성이 넘는 풍령이 용악의 몸에 닿자 그대로 수증기처럼 증발되고 말았다.

"……!"

"후읍."

악승이 놀라든 말든 용악은 들이마신 숨을 손바닥을 펴며 내뱉었다.

쩡!

악승의 안색이 갑자기 파랗게 질렸다.

그의 다리 밑에서 솟구친 날카로운 예기를 피하려고 몸을 움직이려는 순간, 그의 목과 허리에 잘 벼린 살기가 닿았기 때문이다.

악승은 눈을 부릅뜨고 용악을 쳐다봤다.

용악은 양 손바닥을 하늘로 들어 올린 채 아무런 행동도 취하고 있지 않았다.

손가락 하나 까딱하지 않고서 악승을 제압한 것이다.

악승은 경악을 감추지 못했다.

터무니없이 강한 기운.

천산에서의 용악보다 지금이 더욱 강해 보였다.

하나 용악은 고개를 가로저으며 못마땅한 표정을 지었다.

"역시나 기벽이 먼저 열려."

용악의 말에 악승은 어안이 벙벙해지고 말았다. 용악이 너무도 당연한 말을 했기 때문이다.

일흡의 무공이든 천마신공이든 공격을 하기 위해선 기벽을 세우거나 열어야 했다.

"좀 전에 몇 개나 느꼈어?"

"저를 위협하던 기운이라면… 다리 밑, 허리, 목… 이렇게 세 곳이었습니다, 주군."

"세 곳?"

용악이 의외라는 표정을 지었다.

악승이 맞혔다면 저런 표정은 나오지 않았을 것이다.

"혹여 더 있었다는……."

"직접 공격한 것 중 셋만 느낀 모양이군. 의외야, 직접 공격은 여섯이고, 뒤에서 준비하고 있던 공격까지 합치면 대략 스무 곳은 돼."

"예?"

악승은 반문을 하면서도 웃지 않았다. 하나 기다려도 용악에게선 농담이란 말이 나올 것 같지 않았다. 정말로 그 짧은 순간에 이십여 곳을 동시에 공격한 것이다.

악승은 마른침을 삼키며 목을 어루만졌다.

아직도 목을 노리던 기운이 남아 있는지 따가웠다.

"분산시킨 힘이 그 정도라면… 그 힘들이 전부 모였을 때는……."

"나도 아직 확신은 하지 못해. 기를 몇 번 내보냈다가 거둔 것만으로 땅이 저렇게 변했다."

용악이 눈으로 가리킨 곳은 임시 거처 앞 공터였다.

'기, 기를 내보냈다가 거둔 것만으로……!'

악승이 고개를 돌려 이미 봤던 임시 거처 밖 풍경을 쳐다봤다. 땅은 들쑥날쑥 제멋대로 거북이 등가죽처럼 일어나 있었다.

"의지대로 힘을 사용하려면 좀 더 걸릴 것 같다. 공사는 잘 진행되고 있지?"

"안 그래도 그 일에 대해 말씀드리려고 했습니다. 신공장이구 뭐라는 자를 데리고 와서 자리를 잡고 있습니다."

"구노? 구노도 함께 온 모양이구나."

“아는 자입니까?”

“알지.”

“부를까요?”

“아니, 지금 와봐야 제대로 시간을 낼 수 없다. 공사는 신 노사의 뜻대로 하도록 내버려 둬.”

“알겠습니다, 주군. 아! 정군산에서 왔다는 네 명의 애송이도 있습니다.”

“정군산?”

“주군을 뵙겠다고 며칠 동안 이곳에 머물고 있습니다. 지금도 이곳으로 오는데 주군을 뵐 수 있느냐고 묻더군요.”

“정군산……”

용악은 악승이 얘기하는 네 명의 애송이가 머릿속에 떠올랐다. 용악을 찾아 여기까지 올 정군산의 식구라면 뻔했다.

“부용, 죽영… 이겠군.”

“아는 자들입니까?”

“알지. 편하게 대해줘.”

“부르지는 말라는 말씀으로 듣겠습니다.”

“가는 길에 제후 좀 불러줘.”

용악은 악승의 말을 부정하지 않았다.

부용과 죽영이 찾아올 일은 한 가지뿐이기 때문이다.

아직은 그들을 찾아다닐 때가 아니었다.

“예.”

악승의 대답이 끝나자 용악은 다시 눈을 감았다.

임시 거처를 빠져나온 악승이 뒤를 돌아본 것은 얼마 뒤였다.

고오오—

임시 거처에서 기이한 음향이 흘러나오며 일대를 감싸는 것 같았다. 이미 용악에게 설명을 들은 후이기에 악승은 재빨리 신법을 펼쳐 그 자리를 벗어났다.

려군은 일곱 단주의 호위를 받으며 임시 거처 근처로 왔다. 일곱 단주의 시선은 오직 임시 거처에만 닿아 있었으나, 려군의 시선은 그들과 달리 임시 거처 위쪽에 닿아 있었다.

'단주들은 느끼지 못하고 있다. 단주들의 실력으로는 감히 알아차릴 수 없는 기운이란 뜻이겠지. 내 눈에는 보인다. 아주… 거대해.'

려군은 단주들과 함께 움직였다가는 저 거대한 기운이 돌아볼 것 같은 기분이 들었다. 단주들에게 물러서라고 한 후 혼자서 임시 거처를 향해 움직였다.

"괜찮으시겠습니까?"

"……?"

려군은 묵환의 엉뚱한 한마디에 걸음을 멈췄다. 그리고는 뒤돌아보며 고개를 갸웃거렸다. 그러자 묵환은 오히려 려군의 반응을 이해할 수 없다는 표정으로 쳐다봤다.

"묵 단주, 뭐가 괜찮으냐는 거죠?"

"예? 저는 그저……."

"제가 주군을 뵈러 가는데 뭐가 괜찮으냐는 건지 물었어
요."

"실수를 했습니다."

"앞으로는 이런 일이 없어야 해요. 이곳에 주군께서 계세
요. 불경한 생각도, 불경한 말도 해서는 안 되는 곳이에요."

"…명심하겠습니다."

묵환은 고개를 숙였지만 그것은 어디까지나 려군을 향한 것
이지 용악이 아니었다.

'큰일이다.'

일곱 단주는 그녀의 명령만을 들으려 하지 용악을 섬기려
하지 않았다. 그동안은 그냥 넘길 수 있었지만 용악이 있는 자
리에서까지 이런 식의 태도는 곤란했다.

"일곱 단주는 누굴 위해 이 자리에 있는 거죠?"

"예? 그야 당연히 신… 제후를 위해서입니다."

묵환은 침묵하고 만화가 대신 입을 열었다.

"저는 누굴 위해 이곳에 있을까요?"

려군이 또다시 반문하자 아무도 입을 열지 못했다. 아니, 대
답을 하게 되면 나올 이름이 있기에 입을 닫은 것이다.

"천마를 위해서예요. 단주들도 마찬가지예요. 잊지 마세요,
단주들이 저와 함께 있게 된 이유를."

려군은 아무런 감정이 담기지 않은 목소리로 말을 마치고는
홀로 용악의 임시 거처를 향해 움직였다.

싸늘한 침묵이 려군이 떠난 자리를 감쌌다.

“만 단주, 제후께서 하신 말씀이 옳다.”

묵환이 입을 열었다.

려군은 분명 바꾸라고 했다. 그러니 바뀌어야 했다.

용호산의 분위기를 접한 이들에겐 더 이상 이견이 있을 리 없었다.

“려군입니다.”

려군은 임시 거처 안으로 들어오기 전에 주위를 둘러보았다.

예전에는 안 보이던 것들이 눈에 들어왔다. 난폭하게 뒤집혀져 있는 땅을 만든 형태가 보였고, 바람기 없는 날씨임에도 임시 거처를 흔들고 있는 대붕처럼 생긴 형태가 보였다.

“들어오너라.”

임시 거처 안에서 용악의 목소리가 들려왔다.

안으로 들어가니 용악은 악승을 만날 때와 마찬가지로 앉은 상태였다.

“몸은…….”

“어떤 것 같으냐, 제후?”

“좋아지신 것 같습니다.”

용악의 무척 편안해 보이는 모습에 려군은 환하게 미소 지으며 대답했다.

“좋아졌다? 그럼 전에는 나빴다는 뜻이로군.”

“그, 그것이 아니라…….”

"됐다, 농담이다."

"……."

려군은 용악의 얼굴을 믿기지 않는 눈으로 쳐다봤다.

그도 그럴 것이, 지금껏 단 한 번도 용악이 농담이란 것을 하는 것을 본 적이 없는 까닭이다.

"괜히 했나?"

용악이 멋쩍게 웃었다.

"아, 아닙니다, 주군. 그저……."

"괜찮다. 그래 보고 싶었다. 제후와는 좀 더 친해져야 할 것 같아서."

'치, 친해져야 할 것 같아서? 무슨 말씀이시지?'

려군은 볼이 빨갛게 달궈지며 어쩔 줄을 몰라 했다.

그 모습을 본 용악은 자신도 모르게 피식 웃었다.

왜 그랬는지 모르지만 려군을 보니 신녀에게 잘 대해주지 못한 것이 미안해졌다. 그래서 일부러 농담까지 건넨 것뿐이 건만 려군이 엉뚱한 오해를 한 모양이다.

"신녀가 네게도 뭔가를 전했느냐?"

'아!'

려군은 그제야 용악이 한 말들을 이해할 것 같았다.

신녀의 죽음은 어쩌면 려군이 가장 빨리 알았을지도 모른 다. 용악에게 전해준 힘이 되돌아오듯이 신녀에게서도 비슷한 반응이 있었다. 어느 한 순간 갑자기 전신에 힘이 하나도 없게 되어버렸다.

그때, 려군은 신녀의 죽음을 예감했다.

용악은 지금 신녀를 대하는 것처럼 려군을 대하려 하고 있는 것이다.

"다음 대 신녀는 제게 맡기겠다고 했습니다."

"…그랬구나."

"……."

려군은 따로 설명할 필요를 느끼지 못했다. 용악의 표정 하나하나에 담긴 의미를 굳이 읽지 않아도 알 것 같은 까닭이다.

'저 빛은 신녀께 받은 힘인 건가?'

려군은 용악의 몸에서 흘러나오는 빛을 보며 눈을 빛냈다.

"주군, 손을……."

용악은 가만히 손을 내밀었다.

려군이 손을 만지려는 이유를 알기 때문이다.

려군은 용악의 손에 손을 댄 채 눈을 감았다.

잠시 후, 려군의 입가에 웃음이 그려졌다.

"주군, 고민하지 마세요."

"무슨 뜻이지?"

"주군께서 지니신 힘을 믿으세요. 흔들리실 것 없습니다."

려군은 묘한 말을 하고는 입을 다물었다.

누구라도 알아듣기 힘든 말이었으나 용악은 고개를 끄덕였다. 려군을 부른 것은 잘한 일이었다.

용악은 려군을 보낸 뒤로도 한동안 자리를 지켰다.

려군의 한마디로 많은 것이 정리됐다.

부동심(不動心)! 흔들리지 않는 마음.

무엇에?

용악 스스로에게 가장 먼저 던진 질문이었다.

일흡의 무공에서부터 천마수, 그리고 곤.

이 모든 것은 천마신공이라는 뿌리에서 나왔다.

그동안은 따로따로 사용했지만 이제 분리는 의미가 없었다. 하나여야 했다. 그래도 될 몸을 가지게 됐다.

막연히 어떤 형태를 만들어내야겠다?

기벽이 그렇고 천마벽이 그랬다.

용악이 아닌 무공을 만들어내려 했기 때문이다.

만들어낸 형태를 어떻게 사용할 것인가?

검, 도, 창, 권 중 어떤 것이 좋을까?

결국 그 모든 것은 도구일 뿐, 사용하는 주인인 용악이 아니었다.

검왕을 상대할 때나, 도왕과 사마중경을 상대할 때나, 십천좌들을 상대할 때나 다 똑같았다. 상대한 사람은 다른 사람이 아닌 용악이었다.

용악은 펄럭이는 임시 거처의 벽을 바라봤다.

조용히 손을 들어 밀었다가 당겼다. 그러자 벽이 숨을 쉬는 것처럼 늘어났다가 원래의 상태로 돌아왔다.

그 간단한 동작에 많은 것이 담겨 있었다.

그동안 수도 없이 실패했던, 너무 강하지도 너무 약하지도 않은 힘을 조절해 낸 것이다.

　신녀에게서 곤을 받은 이후 처음으로 용악의 입가에 미소가
번졌다.

＊　　　＊　　　＊

　스스슷― 스스슷―
　갈대숲이 스산하게 울어댔다.
　사방을 둘러봐도 황량하기만 한 공간.
　그곳을 울리며 한 인영이 쓰러졌다.
　그의 목은 강력한 무기에 꿰뚫려 있었고, 심장 부위는 묵중
한 것에 의해 함몰됐고, 양쪽 다리는 날카로운 무기에 잘린 것
처럼 보였다.
　쓰러진 사람은 그가 유일했지만 그의 주변에는 수많은 시체
들이 널브러져 있었다.
　"너, 너희들은……."
　격전이라고 하기도 뭣한 일방적인 도륙이었다.
　쓰러진 자의 가슴에는 붉은 도끼 문양이 새겨져 있었다.
　"부제란 영감은 와보지도 않을 모양이지?"
　아무런 억양도 없는 목소리의 사내였다.
　흑포를 눌러쓴 것처럼 전신이 온통 검은 사내.
　그가 이곳에서 일어난 일들을 저질렀다.
　"부, 부제께선… 너희들을… 용서……."

퍽!

말하던 자의 머리가 직각으로 휘었다가 덜렁거렸다.

"어차피 오게 돼 있다, 오불."

"오기 전까지 데리고 놀려고 했는데 저렇게 만드십니까, 이불. 쯔읍."

오불이라 불린 흑포인이 혀를 찼다.

그의 이마 부근에는 불상이 다섯 개 수놓아져 있었고, 머리를 부러뜨린 자의 이마 부근에는 두 개의 불상이 새겨져 있었다.

청죽림주와 지심대인에게 그림자가 있듯이 이들 천불노인에게도 그림자는 존재했다.

모두 다섯 명. 이마에 새겨진 불상의 숫자가 그들의 지위였다.

그들 다섯은 겨우 반나절 만에 부제의 대부단(大斧團)을 무너뜨린 것이나 다름없는 상태로 만들었다.

그들의 발아래 있는 자들은 대부단의 정예인 대부칠성이었다.

곧 부제가 올 것이다.

"불좌께서 오신다. 거치적거리는 일은 아예 만들지 않아야 한다."

"그럴 일은 없습니다."

"심좌의 영(影)보다 부제를 빨리 죽여야 한다."

지심대인의 그림자들을 가리키는 말이었다.

죽좌, 심좌, 불좌.

그들 사이에 경쟁은 존재하지만 그들의 그림자들도 마찬가지였다.

*　　　*　　　*

푸드덕거리며 날아온 전서구를 낚아챈 손이 익숙한 동작으로 쪽지를 풀어냈다. 그리고는 전서구의 눈을 가려 새장에 넣은 후 내용을 어딘가로 가져갔다.

쪽지는 두 단계를 거쳐 최종 결정을 맡고 있는 한 사람의 손으로 옮겨졌다.

기이한 징조 발견.

一. 청해성 빙궁의 움직임이 멈췄음.

二. 하남성 대부단이 괴집단에 의해 공격당함.

쪽지를 읽은 손의 움직임이 갑자기 멈췄다.

빙궁에는 빙제가, 대부단에는 부제가 있었다. 빙궁의 움직임이 멈췄다는 것은 누군가가 막았다는 의미였고, 대부단이 공격당했다는 것은 누군가가 부제를 노리고 있다는 의미인 것이다.

쪽지를 쥔 자의 손이 빨라졌다.

쪽지의 내용을 그대로 옮겨 적고는 방 안 한쪽 문을 열어 백색 전서구를 꺼냈다.

후드득―

전서구는 가야 할 곳을 아는지 빠르게 날갯짓하며 하늘로 사라져 갔다.

* * *

"끙……."

쪽지를 손에 쥔 악승은 손으로 머리를 싸맸다.

쪽지의 내용을 보는 순간 심장이 덜컥했기 때문이다.

예전이라면 신녀를 찾아가 의논했겠지만 지금은 어찌해야 할지 결정을 내리기 힘들었다.

신녀가 없는 이상 려군을 불러야 했다. 하나 이상하게도 그것이 쉽지 않았다. 먼저 려군은 신녀가 아니었고 신분상으로도 악승의 명령을 받을 위치인 까닭이다.

한참을 자리에서 맴돌던 악승이 어딘가로 발걸음을 옮겼다. 그곳은 약재 달이는 냄새가 가득한 임시 거처였다.

"시마, 들어가겠네."

"…예."

안에서 공투가 힘없는 목소리로 대답했다.

매일같이 들르는 곳이지만 안으로 들어선 악승은 이곳저곳을 둘러보며 혀를 찼다.

"내 그래서 별관부터 짓자고 그토록 말했거늘… 늙은이가

고집을 좀 부려야지. 이것 봐. 환자가 있는 곳이 이렇게 추워
서야……."

"……?"

공투는 악승이 들어오자 힘겹게 침상에서 일어나 퀭한 눈으
로 쳐다봤다.

"곧 조치를 취해줄 테니 걱정 말게, 시마."

"무슨 일입니까?"

"일은 무슨……."

"주군께서 저를 찾으십니까?"

"주군께선 어디 그러실 분인가? 그저 지나가다 들렀네. 몸
은 많이 나은 것 같으니 안심일세."

"말씀하실 것이 있으면 하시지요, 대장로님."

"응? 어, 없다니까 그러네."

"……."

공투가 악승을 뚫어져라 쳐다봤다.

세 살짜리 어린애도 알 수 있는 어색한 행동.

먼저 말을 할 수 있도록 해달라는 듯한 말투.

이 두 가지를 공투는 눈으로 표현했다.

"붑. 알았네. 자네가 그토록 알고 싶어하는데 모른 척하면
안 되지. 정보를 보내왔네. 한데 내용이 심상치가 않아. 자네,
빙제와 부제에 대해 들어봤나?"

"오악무제 중……."

"그렇지! 그들이네."

“……?”

공투는 그저 뭉뚱그려 아는 척을 했을 뿐인데 악승은 물 만난 고기처럼 입을 열었다.

“지금 빙궁과 대부단이 공격을 받고 있네.”

“아, 네에.”

“잉? 안 놀라나?”

“놀라야… 합니까?”

“당연하지! 빙제와 부제일세. 황보세가에 누가 있나?”

“아! 장제!”

공투는 황보세가에서 봤던 장제를 떠올렸다. 그리고 그곳에서 들었던 한마디 말도.

천마의 여인 황보소소.

그 말이 번뜩하고 떠오른 것이다.

악승이 왜 저리 법석을 떠는지 이유를 알 것 같았다.

“제후는 뭐라고 합니까?”

“제후? 아직 만나지 않았네.”

“신녀가 없는 지금 당연히 제후와 의논을 하셔야지요. 어서 제후를 부르시지요.”

공투는 왜 제후에게 상의를 하지 않았느냐는 눈으로 악승을 쳐다봤다. 이미 신녀에 대한 얘기를 들은 후였다. 신녀가 없는 지금, 그녀를 대신할 사람은 려군밖에 없었다.

“자네도 그렇게 생각하나?”

악승이 망설이며 되물었다.

공투는 아직 성하지 못한 몸을 일으켰다. 그리고는 임시 거처의 기둥을 의지해 밖으로 나가려 했다.

"어딜 가나, 시마?"

"제, 제후에게… 어서… 알려야 합……."

공투가 가슴을 쥐며 식은땀을 흘렸다.

"알았네. 내가 제후에게 가서 상의할 테니 자네는 좀 더 쉬게."

악승은 재빨리 공투를 자리에 뉘이고는 휑하니 밖으로 나갔다. 나갈 때의 악승은 무척 편안한 얼굴이 됐다.

악승이 려군을 찾아간 지 불과 일각도 지나지 두 사람은 곧바로 용악에게 달려갔다.

"무슨 일로 두 사람이 같이 오는 거지?"

용악은 악승과 려군을 의아한 눈으로 쳐다봤다.

악승은 망설이다가 전서구로 받은 쪽지의 내용을 토씨 하나 빠뜨리지 않고 보고했다. 보고를 받은 용악은 오히려 뭐가 문제냐는 눈으로 쳐다봤고, 악승은 공투에게 해준 말 그대로 했다.

"오악무제를?"

용악의 표정이 굳어졌다.

"악승, 천마구로에게 황보세가로 가라고 해."

"천, 천마구로 전부 말입니까?"

"악승."

용악이 나직한 목소리로 악승을 불렀다.

순간 악승은 전신에 난 모든 털이 일어나야 했다.

"며, 명령대로 하겠습니다."

악승은 떨리는 몸을 추스르며 재빨리 대답했다.

'주군의 전신이 붉어졌다. 분노하고 계신다.'

려군의 눈에만 보이는 색이었다. 용악의 전신을 감싸고 있던 빛이 붉게 변했다. 부랴부랴 나간 악승의 선택은 탁월했다. 조금만 지체했어도 분명 내상을 입었을 것이다.

"제후, 다른 보고가 있느냐?"

"신녀가 받아야 할 보고를 제가 받고 있습니다."

"그래?"

"…보고드릴까요?"

려군은 용악의 허락을 기다렸다.

"말해라."

"북단야란 자와 자부문에 대한 보고입니다."

"북단야… 자부문……."

용악은 미간을 찌푸리며 두 이름을 되뇌었다.

"얼마 전 북단야란 자가 자부문을 찾았다고 합니다. 한데……."

"그래, 북단야."

용악은 그제야 북단야란 이름을 떠올렸다. 언젠가 폐찰에서 소모품들을 상대하며 십천좌의 무공을 사용했던 자다.

"아는 자입니까?"

"신녀에게 조사를 시켰었지. 한데?"

"그자가 자부문에 남아 있던 자들을 모두 죽이고 사라졌답니다."

"어디로?"

"일단의 무리와 합류했는데, 합류한 자들의 무공이 상상 이상이라 합니다. 그 때문에 보고를 한다고 했습니다."

"그들이로군."

"확신할 수는 없지만 제 생각으로는 대장로께서 말씀하신 내용과 무관하진 않을 것 같습니다."

려군은 보고를 마친 뒤 용악의 명령을 기다렸으나 용악은 상념에 잠겨 려군의 보고를 듣지 못한 것 같았다.

"주군……."

"제후, 네 생각은 어떠냐?"

"예?"

"그들이 왜 오악무제를 노리는 걸까?"

"그 문제를 풀기 전에, 오악무제가 강호에서 차지하는 비중이 얼마나 되는지 따져 봐야 하지 않을까 싶습니다. 사람들이 생각할 때 오악무제를 죽일 수 있는 사람은 오직 삼왕 천마뿐입니다."

"여의단주도 있다."

"물론입니다. 하나 일반적으로 사람들이 생각할 때는 여의단주 사마중경은 빼놓습니다. 활동을 안 한 지 꽤 오래됐기에 잊혀진 것이겠지요."

려군은 용호산으로 오기 전에 조사한 자료와 용호산에서 신녀에게 오는 정보를 머릿속에 담은 뒤였다.

"그런데?"

"오악무제를 죽이고 난 후 그 위를 노리겠다는, 그럴 수 있는 힘을 가졌다는 과시라 여겨집니다."

"과시라……."

용악은 려군이 한 말 중 '과시' 란 말이 유난히 귀에 들어왔다. 불과 몇 달 동안 그들이 보여준 행동을 생각해 보면 려군의 말은 조금도 틀리지 않은 것 같았다.

십인회란 조직을 만들어 내보냈을 때도 그들만으로 충분하다 여겼을 것이고, 소흘지신체라는 것을 사용하는 자들을 내보냈을 때도 마찬가지일 것이다.

이도저도 안 되니 그들이 직접 나섰다?

충분히 일리 있는 말이었다.

"제후, 황보세가의 소식을 가능한 빨리 받을 수 있도록 조치를 취해라."

"알겠습니다."

"시마에겐 내가 따로 지시를 내리겠다."

"예? 예……."

려군은 공투가 어떤 상태인지 말을 하려다 입을 다물었다. 공투의 자존심이 어떤지 잘 알기에 그런 것이다.

공투는 침상에 누워 쉬지 않고 운기를 했다.

전신이 땀으로 흠뻑 젖은 상태였으나 그런 걸 느낄 겨를이 없었다. 악승이 공투를 찾아왔다면 곧 용악의 부름이 있을 거란 생각 때문이다.

그러나 천마삼로의 도움으로 몸이 상당히 좋아졌다고는 해도 아직은 용악을 보좌하기엔 무리였다.

'움직일 수 있는 정도면 된다. 그러면.'

나머지는 혈강시들의 도움을 받을 수 있었다.

천마가 찾으면 언제든 움직일 수 있어야 하는 것이 십대마인의 자세였다.

공투가 한참을 운기에 집중하고 있을 때였다. 갑자기 불안하던 기운들이 서서히 제자리를 찾아가며 편안해졌다.

'바라면 되는 건가?'

공투는 웃었다.

어지럽게 흐트러져 있던 물건들이 제자리를 찾아가듯이 그렇게 혈맥을 좌충우돌 뛰어다니던 진기들이 공투의 명령에 따라 일정한 경로로 움직이기 시작했다.

몸속에 각인된 뚜렷한 하나의 경로, 그것은 용악이 잊지 말라며 손수 전해준 경로였다.

흠뻑 젖었던 공투의 몸에서 수증기와 같은 아지랑이가 흘러나왔다. 땀이 몸 밖으로 나오자마자 증발되는 현상으로 그만큼 몸이 뜨거워졌다는 것을 의미했다.

그제야 공투의 머리 위에 얹혀 있던 손이 떼어졌다.

공투를 부르지 않고 직접 찾아온 용악이었다.

수라혈에서 용호산까지 오는 동안 공투의 상태에 대해선 생각지도 못했다. 아니, 생각할 겨를이 없었다는 것이 옳았다.

"주군……."

공투의 거처를 나서려는 용악의 귀로 웅얼거리는 목소리가 들려왔다.

용악은 잠시 뒤를 돌아본 후 밖으로 나갔다.

"지낼 만한가?"

용악이 들어선 곳은 부용 등이 지내는 거처였다.

네 사람은 안으로 들어오는 용악을 보고 할 말을 잃은 표정들이 됐다.

"지, 직접… 오라고 하셨으면 갔을 텐데……."

부용 등은 무의식적으로 자리에서 일어났다.

"오래 기다렸다고 들었다. 일이 생겨서 좀 늦었다. 검왕께선 여전하시나?"

용악은 네 사람을 보는 순간 무공에 많은 진보가 있음을 알 수 있었다. 정군산을 떠나기 전에 신세를 갚은 것이 도움이 된 모양이다.

"마제의 근황이 궁금해서 저흴 보내셨습니다."

죽영이 웃으며 말을 받았다.

"혈교를 이곳으로 옮기는 중이야."

"세력을 키우시는 건가요?"

"세력?"

　용악은 갑작스런 죽영의 질문에 고개를 미미하게 갸웃거렸다. 그 모습은 마치 세력이란 말을 생전 들어본 적 없는 사람처럼 보였다.

　"혈교의 규모를 확대하기 위해 이곳에 건물들을 신축하시려는 것은 아닌지 궁금해서 여쭤본 것입니다."

　죽영은 용악과 눈이 마주치자 재빨리 말을 이었다. 하지만 용악의 시선은 거둬지지 않았다. 마치 왜 그런 생각을 했는지 모르겠다는 눈이다.

　"혈교의 규모라… 어느 정도나 되지?"

　"예?"

　용악의 반문에 죽영은 놀란 눈이 되어 되물었다.

　"나도 모르는 혈교의 규모를 파악하고 있다며? 어느 정도나 되지?"

　"그……."

　죽영은 할 말을 잃고 말았다.

　'혈교의 규모? 용호산에 혈교가 들어서면 규모가 커지는 것 아닌가? 한데 도대체 나는 왜 대답을 못하는 거지?

　죽영은 대답할 말이 머릿속엔 분명히 떠오르는데 막상 입을 통해 말하려니 나오질 않았다.

　"혈교는 혈교일 뿐이다. 규모 따위… 무의미하다."

　용악의 목소리는 담담했지만 듣는 네 사람의 귀에는 전혀 그렇게 들리지 않았다. 너희들은 혈교에 대해 아무것도 모르니 조용히 있으라는 말로 들렸다.

“마제, 화를 내실 것이 아니라······.”

죽영이 분위기가 심상치 않자 조심스럽게 입을 열었다. 지금 말리지 않으면 용악이 죽영을 옴짝달싹 못하게 만들어 버릴 것 같았기 때문이다.

“화나지 않았다.”

“그럼 다행이고요. 저··· 검왕께서 금지된 무공이 강호에 얼마나 퍼져 있는지 궁금해하세요. 십인회에 이어 계속해서 금지된 무공을 익힌 자들이 등장하는 바람에··· 참! 마제께서 십인회 총단을 없애 버린 건 이제 모르는 사람이 없더군요. 한데······.”

부용이 입술을 씰룩거리며 망설였다.

“할 말 있으면 해.”

“어째서 그들의 배후를 쫓지 않으셨는지 궁금해서요. 마제의 능력이시라면 충분히··· 그러니까, 그들을··· 제압할 수도······.”

부용은 말을 하는 도중에 분위기가 이상해지는 것을 느끼고 말끝을 흐렸다.

용악의 눈이 이번엔 부용을 향해 있었다.

죽영에 이어 두 번째로 용악의 시선이 고정되는 순간이었다.

“처음엔 껍질이 한 겹인 줄 알았다. 한데 한 겹 벗기고 두 겹을 벗겨도 알맹이는 드러나지 않았다. 경험상 그럴 때는 나서는 것보다 기다리는 쪽이 더 낫지. 그래서 기다리기로 했다.

궁금한 게 풀렸나?"

"아, 예에……."

부용은 용악이 비유까지 섞어서 말할 줄 몰랐는지 멍한 표정으로 고개를 끄덕였다. 분위기가 이상해져서 던져 본 말이었는데 용악의 솔직한 대답에 거처 안이 서늘해졌다.

"부 교검이나 죽 교검이 한 말은 핑계에 불과합니다, 마제."

검성호가 지금껏 조용히 있다가 웃는 얼굴로 입을 열었다.

"기억하십니까, 정군산을 떠나기 전에 저희 넷을 찾으셨던 것을?"

"기억하지."

용악이 그 기억 때문에 이곳을 찾아왔는데 모를 리가 없었다.

"많이 늘었습니다. 항상 쫓아가기 바빴던 무공을 이제는 나눠서 짊어지고 가게 됐거든요. 다들 그렇지 않아?"

검성호가 부용, 죽영, 만우흔을 돌아보며 물었다.

단순히 자신의 말에 동의를 구하는 행동이었으나 그로 인해 긴장으로 굳어 있던 세 사람의 얼굴에 웃음기가 돌아왔다.

"험. 나도 그 얘길 하려고 하긴 했는데……."

만우흔이 슬며시 헛기침을 하며 검성호의 말을 거들었다. 용호산에 온 뒤로 네 사람은 악승 등의 기에 눌려 용악을 만나러 온 진짜 이유를 숨겼다.

그래야 될 것 같았기 때문이다. 천마라는 신분을 만나기 위해서는 네 사람 역시 뭔가 대단한 사람들인 척하지 않으면 안 될 것 같아서.

피식. 용악은 자신도 모르게 웃음이 나왔다.

황보세가에서의 인연을 제외하면 정군산에서 만난 이들과의 인연이 유일하다 해도 과언이 아니었다. 반갑지 않을 리 없었다.

"반갑다, 모두."

第五章
수라혈군

천산마제

오후가 지나면서 하늘이 어두워졌다.

부용 일행은 아침 일찍 용화산을 떠났다.

검왕이 정군산을 내려오면 꼭 찾아가겠다고, 그것이 어떤 결과를 초래하더라도 꼭 가겠다고.

용악의 약속에 부용 일행은 환한 얼굴로 떠났다.

용악을 만나기 위해 열흘 가까이 머물렀음에도 애기를 나눈 것은 겨우 반 시진도 안 됐다. 하나 부용 등은 그걸로 만족한 얼굴이었다.

검왕은 용악에게 특별한 존재였다.

그런 검왕이 강호에 나온다면 찾아뵙는 것이 당연했다. 용악은 부용 등이 걱정하는 바를 알고 있었다.

정파의 하늘 중 한 사람과 사파의 하늘이 만나는 것.

사람들이 바라는 것은 두 사람의 대결일 것이다. 하지만 용악은 사람들의 시선 따위는 조금도 신경 쓸 이유가 없었다.

천산에서, 정군산에서 검왕과 만났던 순간이 문득 생각났다.

"난 준비가 된 것 같습니다만?"

용악은 임시 거처 천장을 올려다보며 장난스럽게 혼잣말을 했다. 그러자 천장 저 너머에서 검왕의 웃음소리가 들리는 것 같았다. 곧이라도 검을 고쳐 잡고 나올 것처럼.

그때였다.

"수라혈군, 남(藍)과 자(紫)의 보고를 주군께 말씀드립니다."

용악의 상념을 깨며 임시 거처의 한쪽 벽이 액체라도 된 것처럼 흐물대다가 인간의 형체로 우뚝 섰다.

"무슨 일인지 보고부터."

용악은 나타난 인영을 돌아보지도 않고 물었다.

수라혈에서 데려온 일곱 명의 수라. 그들 중 대형 격인 적이었다.

"수는 이백. 이곳으로 오는 중입니다."

"처리할 수 있겠느냐?"

"처리하겠습니다."

적은 조금도 망설이지 않고 대답했다.

악승이나 공투였다면 믿고 맡겼겠지만 적은 판단 자체를 하지 않았다. 그렇게 자라온 삶이기에 용악은 고개를 가로저었다.

"됐다. 수라혈군은 나와 함께 움직인다."

"기다리겠습니다."

적은 반문없이 또다시 액체로 변하는 것처럼 임시 거처의 벽으로 사라졌다.

"이곳으로 곧장 온다?"

용악은 아침 일찍 떠난 부용 일행을 떠올렸다.

용호산으로 들어오고 나가는 길은 오직 하나뿐이었다. 부용 일행은 분명 그 길로 갔을 텐데 적이 오고 있다고 한다.

"악승!"

용악이 밖을 향해 외쳤다.

＊　　　＊　　　＊

부용은 콧노래까지 흥얼거리며 걸었다. 하늘은 꾸물꾸물 먹구름을 챙겨 모으고 있는데 그것조차 부용에겐 시원해질 조짐으로밖에 보이지 않았다.

"죽영, 역시 마제셔. 그렇지?"

"역시?"

"어마어마한 고수들이 마제만 나타나면 안절부절못하는 모습이……"

"호검들도 검왕께서 내려오시면 긴장한다."

"그거야 존경이지!"

"그럼, 마제를 대하는 사람들은 존경이 아니란 말이냐?"

"아니지. 그건… 음… 뭐라고 할 수 없는……."

"압도적인 힘?"

부용이 입술을 한쪽으로 몰고서 단어를 떠올리려 하자, 듣고만 있던 만우흔이 웃으며 말을 거들었다.

부용은 만우흔의 말에 눈을 동그랗게 뜨며 좋아했다.

그녀가 생각했던 용악의 분위기와 더없이 어울리는 말이 아닐 수 없었다.

'압도적인… 그 말이 맞지.'

죽영은 코로 낮게 숨을 내뱉으며 고개를 끄덕였다.

검왕의 존재감과 용악의 존재감은 색 자체가 다르다는 것엔 이견이 없기 때문이다.

"너희들은 어디서 오는 길이냐?"

부용 등이 막 지나치려는 길목 양쪽에서 동시에 들려온 목소리였다. 부용과 죽영은 왼쪽을, 검성호와 만우흔은 오른쪽을 향해 검기를 뿌렸다.

쉬악!

네 사람의 검기가 양쪽 바위를 자르고 지나갔으나 목소리의 주인들은 이미 사라지고 난 뒤였다.

"제법 실력들이 있구나."

좀 더 위쪽에서 다시 목소리가 들려왔다.

"누군지 정체를 밝혀라. 우리는 정군산에서 온 교검들이다."

　죽영이 흑포를 눌러쓴 자들에게 가슴을 열며 당당하게 외쳤다.

　"정군산? 검왕의 제자들인가? 흐흐흐. 이것 의외의 수확이군. 천마를 끌어내려다 월척이 걸렸어."

　흑포를 쓴 자는 검왕이란 이름에 겁을 먹지 않았다.

　죽영은 흑포인들이 믿는 것이 있다고 확신했다. 그렇지 않고서야 저렇게 태연히 천마와 검왕을 입에 담을 수는 없기 때문이다.

　"너희들이었구나."

　죽영은 이들이 누군지 알 것 같았다. 현 강호에서 천마와 검왕의 이름을 입에 함부로 올릴 자들.

　"모두 조심하세요. 금지된 무공을 익힌 자들입니다."

　죽영이 검을 꺼내며 주의를 주었다.

　"죽영, 여긴 그분의 영역이잖아?"

　"천마조차 저들에겐 위협이 되지 않는 모양이지."

　죽영은 짧게 끊어서 대답하고는 주위를 둘러보았다. 그리고는 낮게 숨을 내뱉었다. 길 끝에서 모습을 드러내는 자들의 숫자가 상상을 초월했다.

　"부용, 검 선배, 만 선배, 모두 흩어져서 싸워요."

　"죽 교검, 그건 자살 행위야."

　"……?"

　죽영은 경험상 많은 수를 상대할 때 흩어져야 한다는 것을 잘 알고 있었다. 하나 반대한 사람이 다름 아닌 검성호였다.

"우리 중 저 흑포인을 상대할 사람이 있나? 저들은 아까 우리가 검기를 날리기도 전에 미리 알고서 피했다. 흩어지길 기다리는 거야."

차앙—

검성호가 검을 꺼낸 뒤 만우혼과 등을 맞대고 섰다.

죽영도 곧 부용과 같은 자세를 취했다.

"네가 여자인 건 맞구나."

"뭐?"

부용은 죽영의 뜬금없는 말에 짜증 어린 눈으로 돌아봤다.

"등이 푹신해. 이 자리에서 살아나면 좀 더 수련해라. 이래서야 어디 제대로 싸우기나 하겠냐?"

"호오, 그러서? 내가 여자로 보여? 그런데 어째 정군산에는 내게 들이대는 놈팽이 하나 없었을까나?"

"정군산에 네게 들이댈 놈은 나보다 강해야 하는데 그게 어디 쉽겠냐?"

"뭐?"

"돌아가면 들이댈 테니… 살아라."

"……!"

부용은 기이한 느낌에 등을 곧추세웠다.

등을 통해 죽영의 마음이 들어오는 것 같았다.

이런 일을 당하지 않았으면 몰랐을, 아니, 진즉부터 죽영의 마음이야 알고 있었다. 하도 먼저 말하질 않아서 모른 척했을 뿐이다.

"돌아가면 정식으로 해."

부용의 대답에 죽영은 피식 웃음을 터뜨렸다. 이 급박한 상황에 어울리지 않는 사랑 고백이었음에도 받아주는 부용이 신기해서 흘린 웃음이었다.

"감동은."

부용의 퉁명스런 목소리가 등을 울렸다.

"하하하하!"

죽영이 갑자기 크게 웃었다.

그때, 다가오던 수십, 수백의 무리에게서 이상한 일이 일어났다. 다가오던 자들 앞줄이 그대로 쓰러지며 뒷줄을 막은 것이다.

"뭐야, 쟤들? 죽영, 너 혹시 이기어검 같은 것 쓰냐?"

"이기어검? 보는 것만으로 저렇게 만들면 그게 어떻게 이기어검이냐? 어검술 중에도 목어검이면 몰라도."

"그러니까! 그거 지금 썼냐고."

"장난해? 내가 무슨 전설에나 나오는 고수도 아니고……."

"그치? 그럼 쟤들이 갑자기 왜 저러는데?"

"저 위쪽 검은 귀신들도 모르는 모양이다. 일단은 자리를 지키는 게 급선무다."

죽영은 위쪽 바위에 서 있는 흑포인 둘을 주시하는 동시에 앞쪽에서 일어나고 있는 영문 모를 상황을 살폈다.

'저들이 그냥 쓰러졌을 리는 없고… 땅에 누군가 있… 저럴

수가!'

죽영의 눈이 찢어질 듯 커졌다.

쓰러졌던 맨 앞줄의 시체 중 하나가 갑자기 벌떡 일어나더니 다가오는 자들을 그대로 베어버린 것이다.

죽영 등을 멈춰 세웠던 흑포인 중 한 명이 그쪽으로 몸을 날렸다. 그들의 눈에도 무슨 일이 일어나는지 보이지 않는 모양이다.

이마에 두 개의 불상을 새긴 이불은 오불에게 가보라는 눈짓을 날린 후 부용 등 네 사람을 쳐다봤다. 그들은 아니었다.

'천마가 마중이라도 나온 건가?'

맨 앞줄은 천지인급 중 가장 실력이 떨어지는 인급 좌위들이었다. 그들 전부가 죽는다고 해도 이불과는 무관했다.

쉬이잉—

바람 때문에 흔들리는 흑포 사이로 이불의 눈빛이 강렬해졌다.

'누가 있다!'

기척은 느껴지지 않았지만 이불은 본능적으로 알 수 있었다. 지난 세월 동안 그림자로 살아왔다. 이런 느낌을 주기만 했지 당해본 적은 없었다.

"누구냐?"

이불의 질문에 대답하는 것은 바람뿐이었다.

그 상태로 이불은 바람과 공간의 변화를 느끼며 꼼짝도 하

지 않았다. 이런 상황에선 먼저 움직이는 쪽이 지게 되어 있었
다.

　이불과 오 장여 떨어진 공간.
　용악의 명령을 받은 홍(紅)이 벽에 등을 기댄 채 서 있었다.
이들의 발길을 멈추게 하라고 했으니 이대로 있으면 그만이었
다.
　홍은 이불의 심리 상태를 꿰뚫어 보고 있었다.
　먼저 움직이면 진다고 생각하고 있을 것이다.
　수라혈주로부터 어릴 때부터 훈련을 받아온 홍에게 이런 상
황은 너무도 흔했다. 사형제들과의 훈련은 언제나 목숨을 걸
어야 했기 때문이다.
　긴장감, 승부욕, 성취욕은 이미 홍에게 무의미한 감정들이
었다. 그것조차 사라진 홍이기에 이불의 심리를 마음대로 조
절할 수 있었다.
　쏴아아—
　비가 쏟아지기 시작했다.

　용악은 폭우를 가르며 유성이 되어 날아갔다.
　천마등등공은 한 번의 도약으로 무려 오십여 장에 달하는
거리를 압축시켜 주었고, 그렇게 반 시진 정도 움직이고 나서
야 잠시 나무 위에 멈춰 섰다.
　번쩍하며 번개가 떨어지며 사위를 밝혀주었고, 그 뒤를 천

둥이 요란하게 울려댔다.

"수라들이 잘하고 있군."

싸우는 소리가 들리지 않는 걸로 봐서 실력들을 제대로 보이는 모양이다. 땅으로 내려선 용악이 천천히 걷기 시작했다.

턱. 턱. 턱.

땅에는 발자국이 찍히지 않는데 소리는 규칙적으로 울렸다. 일부러 내는 소리였다. 이 소리를 참아내기 위해 공투는 내부가 상하면서까지 진기를 끌어올려야 했다.

움찔.

이불은 홍과의 기 싸움에 몰입된 상태에서 몸의 반응이 심상치 않자 청력을 높였다.

규칙적으로 소리가 들려왔다. 특별히 신경을 써야 할 정도의 음공은 아니었다. 하나 소리가 반복될수록 이불은 자신도 모르게 진기를 끌어올려 대항하고 있음을 깨달았다.

용악이 모습을 드러냈다.

약속이라도 한 것처럼 사람들의 시선이 일제히 용악에게로 고정됐다. 소리를 넓게 퍼뜨리다 앞쪽으로만 향하도록 조절을 한 결과였다.

천지인급 좌위들 앞 열이 움직임을 멈추었다.

멀리서도 용악의 눈빛이 보이는 것처럼 오싹한 표정들이 됐다.

그들은 천마를 사냥하기 위해 왔다. 아니, 그렇게 하라는 지시를 천불노인에게 받았다. 하나 지금 이 순간 모두의 생각은 하나로 모아졌다.

도망쳐야 한다!

용악이 모습을 드러냈을 뿐인데 그들의 머릿속엔 그 생각으로 가득했다.

"괜찮나?"

용악은 부용 등이 등을 맞대고 있는 곳까지 와서야 입을 열었다.

부용이 고개를 끄덕였다.

용악이 낸 소리에 영향을 받은 것은 좌위들뿐만이 아닌 것이다.

"한쪽으로 물러나 있도록. 수라혈군, 내가 움직이라고 하기 전에 움직이는 자들은 죽여도 좋다."

'수라혈군?'

앞에 한 말은 부용 등에게 한 말이 분명한데, 뒤에 한 말을 이해할 수 없었다.

"저자가 이곳을 지휘하는 자 같군."

용악의 시선이 위쪽으로 향했다.

홍과 기 싸움을 벌이고 있는 이불은 아래쪽을 내려다보지도 못하고 있었다.

"헛!"

부용이 부지불식간에 신음을 터뜨리고 말았다. 용악의 신형이 거짓말처럼 눈앞에서 사라졌다.

"저 위다, 부용."

"언제……."

부용은 죽영의 시선을 따라 위를 올려다봤다.

그곳에 용악의 뒷모습이 있었다.

천마등등공이기에 가능한 속도였다.

바위로 올라선 용악은 곧장 이불을 향해 걸어갔다.

턱. 턱. 턱.

또다시 발자국 소리를 냈다.

이불은 재빨리 고개를 돌렸다.

웬 청년이 담담한 얼굴로 이불을 향해 다가오고 있었다. 언제 올라왔는지는 중요하지 않았다. 조금 전까지 이불을 떨게 만들었던 기운이 또다시 느껴진 탓이다.

홍과의 기 싸움으로 심력을 소모한 탓은 아니었다.

"누구냐?"

이불이 최대한 살기를 일으키며 입을 열었다.

"내가 누군지도 모르고 내 영역에 들어왔느냐?"

"…처, 천마?"

"너 정도가 배후일 리는 없고. 어디 있느냐?"

용악은 주위를 둘러봤다.

그 잠깐 틈, 분명 이불에겐 그렇게 보였다.

기를 일으켜 손을 뻗는 데 걸리는 시간은 촌각.

그 시간이면 용악의 사정권에서 벗어나 천지인급 좌위들이 있는 곳까지 갈 수 있는 자신이 있었다.

이불은 곧바로 손을 썼다.

턱.

손이 채 뻗기도 전에 용악에게 잡히기 전에는 그랬다. 손을 쥔 용악이 이불을 응시했다. 그러자 이불이 온몸을 떨며 진저리를 쳤다.

'수, 숨을 못 쉬겠…….'

이불은 눈을 피하고 싶었으나 용악은 그것을 허용하지 않았다. 척추가 고정된 것처럼 목이 움직이질 않았다.

"어디 있느냐?"

"…고, 곧 오신다……."

"이곳에 없다고?"

용악은 어이가 없어 실소까지 머금었다.

머리는 나중에 두고 몸만 왔다는 뜻은 그만큼 천마인 용악을 우습게 봤음을 뜻하기 때문이다.

쾅!

용악은 무의식중에 잡고 있던 이불의 팔을 놓았다.

그러자 폭음과 함께 이불의 신형이 벽에 파묻혔다.

'소, 손을 놓았을 뿐인데 내가 날아가?'

이불은 피를 토해내며 상식적으로 불가능한 상황을 이해해 보려 노력했다.

용악이 한 것은 벗어나려는 이불의 의지에 약간의 힘을 보탠 것뿐이었다. 게다가 이불은 천불노인의 그림자 오불 중 한 명. 지금의 상황은 도저히 일어날 수 없는 것이다.

"소흘지체? 너도 그런 걸 사용하는 것 같은데, 오늘은 놀아줄 시간이 없다."

용악이 이불을 향해 손을 펼쳤다가 움켜쥐는 시늉을 하자, 벽이 풀썩거리며 먼지와 함께 이불을 토해냈다. 밖으로 튀어나온 이불의 얼굴은 그대로 바닥에 박혔고, 그것으로 움직임은 끝이었다.

"힘을 보고 싶나? 그럼 보여주지."

용악의 기세가 달라졌다.

임시 거처를 나오며 이들이 부제를 죽였다는 소식을 들었다. 그것은 곧 황보세가로 보내놓은 천마구로만으로도 안심할 수 없다는 생각을 하게 됐고, 그 분노는 고스란히 이들에게 전해져야 했다.

만약이라도 황보세가를 건드리러 간 자가 있다면 돌아와야 할 것이다. 그렇지 않으면 이들은 오늘 이곳에서 뼈를 묻을 테니까.

드드드드—

용악의 전신이 빛을 뿜었다. 그리고는 아무것도 없는 허공으로 쭉 미끄러졌다. 멈춰 선 곳은 부용 등이 있던 곳과 밀려오는 이백여 좌위의 중간 위치였다.

"쳐라!"

이불의 죽음을 보지 못한 그림자 중 한 명이 외쳤다.

용악은 양손을 들어 올렸다.

기벽이나 천마벽을 일으키려는 것이 아니었다. 이미 그런 형(形)에 대한 생각은 용악에게 의미가 없었다. 곤을 입은 천마는 그래야 했고, 그렇게 됐다.

내리는 비.

용악은 그 빗방울들을 봤다. 그러자 내리던 비가 허공에서 멈추었다. 허공에 박힌 물방울들이 점점 많아지다 길 자체를 가로막았다.

활시위를 날리기 전의 팽팽한 긴장감이 용악과 다가오는 무리 사이로 퍼졌다.

'아무도 막지 않는다.'

오불은 공격 명령을 내리고 난 뒤에 좌위들의 발을 묶고 있던 이상한 일이 사라진 것을 보고 고개를 갸웃거렸다.

자리에 멈춘 채 뒤를 돌아봤다.

이백 명은 족히 되는 인원이 밀물처럼 용악을 향해 다가갔다. 작전은 간단했다. 좌위들 중 지급과 인급은 최대한 용악에게 가까이 다가가 폭렬공을 펼칠 것이다.

그럼 오불들이 기회를 봐서 용악의 허점을 노리고 살수를 펼친다. 이것이 오불의 계획이었다. 그것은 지금까진 무난하게 진행되고 있었다, 적어도 막는 자가 없어진 것을 느끼기 전까지는.

'뭔가… 호, 혹시 지금… 물방울을 이용하려는……'

오불은 시야를 가리는 빗줄기를 뚫어져라 쳐다봤다.

마치 용악의 주위에는 비가 멈춘 것처럼 보인 까닭이다.

웅웅웅—

기음이 들려왔다.

오불은 소리가 들려오는 곳을 찾아 안력을 최대한 높였다.

"저, 저……."

부지불식간에 열린 그의 입에서 당황한 목소리가 흘러나왔
다. 그의 말도 안 되는 상상이 현실로 드러나고 있었다.

"후, 후퇴!"

오불이 차마 다가가진 못하고 제자리에서 커다랗게 외쳤다.
허공에 뜬 용악이 조금만 움직이면 어떤 재앙이 벌어질지 예
감한 외침이었다.

'놓는다.'

용악은 이불을 공격할 때와 같은 원리를 빗방울에 적용하고
있었다. 떨어지려는 빗방울을 잡고 있다가 방향을 앞쪽으로
내보냈다.

투— 웅—

용악의 기운에 갇혀 있던 빗방울, 아니, 개개의 암기가 다가
오는 좌위들을 향해 쏟아졌다. 쏟아졌다는 표현 외엔 그 광경
을 표현할 길이 없었다.

"저, 저런 엄청난……."

뒤쪽에서 지켜보고 있던 검성호는 용악이 빗방울을 가둘 때

부터 보고 있다가 할 말을 잃고 말았다.

　용악이 펼치려는 것은 무공이 아니었다.

　그것은 인간의 한계를 초월한 자연을 다루는 신의 모습이었다.

　콰콰콰!

　거대한 굉음이 터졌다.

　용악에게서 떨어져 나간 빗방울이 낸 소리였다.

　개개의 물방울이 지닌 힘은 용악이 지력을 튕겨낸 것과 마찬가지의 위력을 가졌을 것이다.

　그 위력이 지금 고스란히 네 사람의 눈으로 박혀들었다.

　다가오던 좌위들은 빗방울 하나가 몸을 뚫고 지나갔음에도 전혀 의식하지 못하고 앞으로 달려나갔다. 하나 결국은 한 걸음도 떼지 못한 채 바닥에서 장렬히 폭사하고 말았다.

　콰콰쾅!

　빗방울이 공간을 지배하는 소리와 전혀 다른 폭음이 연속해서 터졌다.

　용악을 죽이겠다고 달려드는 자들의 무모한 행위들.

　앞에서 무슨 일이 벌어지는지 조금도 생각하지 않은 채 달려드는 불나방들.

　순식간에 지급과 인급 좌위들 대부분이 시체조차 찾지 못하는 상태로 빗물에 쓸려 나갔다.

　"아……."

오불은 망연자실한 표정이 되어 그 광경을 바라보기만 했다.

그리고 시작된 또 다른 살육.

"컥!"

짧은 신음이 한 곳이 아닌 여러 곳에서 들려왔다.

픽픽 쓰러지는 자들은 남은 지급 좌위들과 천급 좌위들이었다. 그들은 어떻게 죽는지조차 모르고 그냥 쓰러졌다.

지켜보는 오불 역시 그들이 왜 죽는지 모르고 있으니 어쩌면 당연한 일일 수도 있었다.

공포스러웠다.

그림자로 평생을 살아온 오불에게 그런 감정이 남아 있을 리 없는데도 지금 눈앞에서 벌어지는 상황은 그를 떨게 만들었다.

"오불, 정신 차려!"

누군가 오불의 어깨를 때리며 정신을 일깨웠다.

"아! 사, 삼불이십니까."

"천마가 다시 기를 모으기 전에 살수들을 잡아야 한다. 서둘러! 어서!"

"사, 살수?"

"보이지 않기 때문에 좌위들이 죽는 것이다. 보이게 만들면 된다."

이마에 불상 세 개가 새겨진 흑포인이 어디론가 날아갔다. 그리고는 그곳에 있던 좌위들을 향해 검을 떨쳤다.

쾅!

좌위들의 비명이 터지며 누군가 지면 위로 솟구쳤다.

"잡아!"

삼불의 명령이 떨어지기가 무섭게 대여섯 명의 천급 좌위가 솟구치는 인영을 향해 손을 썼다. 하나 그것은 한 명일 경우에나 가능한 일이었다.

땅에서 솟구친 인영을 공격하던 천급 좌위들의 몸이 허리에서부터 반듯하게 잘려 나갔다.

후드득.

바닥으로 그들의 몸 안에 있던 내용물들이 떨어졌다.

"허공에서 몸을 숨길 수 있단 말인가?"

삼불의 곁으로 한 명의 흑포인이 다가오며 혼잣말을 했다.

일곱 수라를 모르기에 하는 말이었다.

그들은 허공이든 어디든 마음만 먹으면 몸을 숨길 수 있는 은마신이 된 상태였다.

"모두 물러서라. 이불께선 어디에 계시는가, 오불?"

"이불께선 천마의 뒤쪽에⋯⋯."

"⋯⋯!"

이불이 없는 상태에선 삼불이 모든 명령의 실권을 쥐게 된다. 지금의 상황으로 보면 이불은 죽었다고 봐야 했다.

"불좌께서 오시기 전까지 모든 좌위들은 물러선다."

삼불은 어딘가를 향해 검을 떨쳤다.

쾅!

누군가 삼불의 운외반간을 허공에서 막았다. 그러면서 인영의 반쪽 신형이 드러났다. 회색 무복의 사내였다. 그는 삼불을 노려보며 하얀 치아를 드러내며 웃었다.

"이놈!"

오불이 그를 향해 손을 쓰려 했으나 삼불이 팔을 잡아 막았다. 이미 또다시 사라진 후였기 때문이다.

"저게 어찌 된 일이죠? 마제께서 펼친 무공도 무공이지만 저들이 왜 저리 어쩔 줄을 몰라 하는 거죠?"

부용이 답답함을 이기지 못하고 검성호와 만우흔을 돌아보며 물었다.

"우리라고 알겠냐만… 내 생각엔 저들 안에 누군가가 있는 것 같다."

검성호가 조용히 입을 열었다.

갖춰진 대열이 흐트러지는 경우는 흔치 않은 법이다. 더구나 강력한 수장이 있는 경우엔 더했다. 한데 저들은 수장들이 있음에도 통제가 되지 않고 있었다.

누군가가 저들을 방해하고 있는 것이다.

검성호의 시선이 아직도 허공에 떠 있는 용악을 향했다.

"겨우 마제 혼자서… 아니, 저들 사이에 있을지도 모르는 몇 사람만 데리고……"

부용은 용악의 압도적인 힘에 할 말을 잃었다.

용악이 보여준 조금 전의 신위는 인간이란 생각을 하지 못하게 만들었다.

"엄청난 신위다, 부용."

이제껏 눈앞에서 일어나는 믿기 힘든 광경을 보던 죽영이 처음으로 입을 열었다.

압도적인 힘이란 것이 어떤 것인지 직접 눈으로 보고 나니 죽영 자신이 얼마나 초라한 존재인지 다시금 느끼게 됐다.

"수라혈군, 저들을 내 땅에서 몰아내라."

허공에 뜬 채로 용악이 명령을 내렸다.

그러자 용악의 발아래에서 땅이 불쑥 솟아오르며 세 명의 인영이 모습을 드러냈다.

"수라혈군, 명을 받았습니다."

적이었다. 그리고 그의 두 사제인 등과 청이었다.

세 사람은 물러나고 있는 자들을 향해 한 걸음, 두 걸음 움직이다가 이내 사라졌다.

세 사람이 모습을 감추고 눈 몇 번 깜빡인 뒤 물러서는 자들의 대열이 또다시 술렁거렸다. 일곱 수라 중 가장 실력이 뛰어난 적이 가세하자 물러서는 것도 힘들게 된 것이다.

지켜보던 용악이 천천히 땅으로 신형을 내렸다.

"함부로 혈교의 땅에 발을 들인 대가는 오로지 목숨으로만 치를 수 있다."

용악의 입에서 흘러나온 음성은 빗소리를 뚫고 그대로 오불 중 삼불과 좌위들에게 전달됐다.

쿠르릉— 콰콰콰!

번개가 작렬하고 그 뒤를 천둥소리가 뒤따랐다. 그럼에도 용악의 음성은 고스란히 그들의 귀에 들어갔다.

"일곱 수라는 돌아오라."

꾸웅—!

용악이 발을 굴렀고, 주위의 젖은 흙이 튀어 올랐다. 용악은 그 진흙을 또다시 가뒀다. 그리고는 우왕좌왕하는 자들을 향해 가리켰다.

빗방울보다 무거운 진흙이 갇히자 이번엔 색깔이 분명해졌다. 갈색 점들이 용악의 양옆으로 날개를 펴듯이 점점이 박혔다.

쿠오오오!

용악은 가뒀던 진흙을 풀어주었다.

갈색 유성이 폭우를 뚫고 일직선으로 뻗어나갔다.

"끄아악!"

"컥!"

접근이라도 해야 폭렬공으로 피해를 줄 테고 손이라도 써볼 텐데 속수무책이었다. 오불을 비롯한 삼불과 사불은 고개를 절레절레 흔들었다.

"부제 따위와는 차원이 다른 고수다."

"저 정도일 줄이야……."

"천마에 대한 평가는 다시 되어야 한다. 삼왕과 나란히 올리는 것이 아니라 그들보다 위에 올려야 한다. 사마중경의 뇌전 창에 손이 뚫렸다는 정보 하나로… 판단이 어긋났다. 주군께 알려야 한다.”

삼불은 뒤쪽에서 오고 있을 천불노인을 떠올리며 최대한 뒤로 물러섰다. 무의식중에 피해야 한다는 생각이 몸을 움직인 것이다.

팡! 팡!

갈색 선이 세 사람에게까지 다가왔으나 이내 호신강기에 가로막혀 허공에서 터져 나갔다.

“……!”

삼십 장은 족히 되는 거리를 격해서 전해진 충격이라고 하기엔 너무도 무거웠다.

“우리 셋만이라도 자리를 피해야 한다. 천급 좌위들은 우리를 따른다. 나머지는… 방패로 쓴다.”

삼불의 흑포에서 살기가 퍼져 나왔다. 그리고는 곧바로 손을 뻗어 어딘가로 권을 날렸다.

쾅!

“우습구나. 우리와 좌위들이나 똑같다고 생각하는 거냐?”

삼불이 권을 날린 곳을 쳐다봤다.

그곳에는 무표정한 얼굴의 서른 초반으로 보이는 인영이 서 있었다.

“물러나라. 이곳은 혈교의 영역이다.”

적이었다.

“흐흐, 흐흐흐.”

삼불은 허무한 웃음을 흘렸다.

적의 능력이 대단함은 굳이 확인하지 않아도 됐다. 하나 적이 모습을 드러낸 이유가 죽이기 위함이 아니라 물러나라는 경고를 하기 위해서라는 것에 자존심이 상한 것이다.

“곧.”

삼불은 다시 곧 보게 될 것이란 뜻을 담아 말했다.

“언제든.”

적의 대답 역시 간단했다.

살아남은 오십여 명의 좌위 중 천급 좌위 십여 명과 삼불이 몸을 날리려 했다.

서 있던 적의 신형이 거짓말처럼 사라졌다. 그리고는 막 신형을 날리려는 오불의 앞에 나타났다.

“너는 못 간다.”

“……!”

오불은 모습을 드러낸 적을 보자 맹렬히 분노가 일어났다. 그의 손이 눈에 보이지 않을 정도의 속도로 검과 함께 뻗어나갔다. 하지만 상대가 일부러 모습을 드러냈을 때는 이유가 있는 것이다.

푸욱!

“끄륵…….”

오불은 등부터 뚫고 나온 검을 내려다보고는 시선을 뒤로 돌렸다. 그곳에는 하얗게 웃고 있는 등이 서 있었다. 적만 생각했지 다른 자가 있을 줄은 생각지도 못하다 당한 결과였다.

"사, 삼……."

오불은 몸을 조여 검이 빠지지 않도록 한 후 삼불을 돌아봤다. 도움을 청하는 눈이 아니었다. 가라는 눈이었다. 자신을 살리려다가 삼불과 사불이 용악에게 잡힐 수 있으니 어서 가라는 눈이었다.

"보, 복수를……."

오불의 입 모양을 본 삼불은 이를 악물고 돌아서야 했다.

그들 역시 그림자로 살아왔기에 처음부터 살수를 펼쳤다면 결과는 이렇게 허무하게 되진 않았을지도 몰랐다. 하나 그들의 살수는 드러난 살수이고, 일곱 수라의 살수는 보이지 않는 살수였다.

第六章
악연, 그 깊은 골

천상마제

“항 소저! 항 소저!”

사마화인은 빙궁 안으로 들어가자마자 항예연을 찾았다. 멀쩡한 모습으로 나타나길 바라는 마음이었지만 그럴 리가 없다는 것도 알고 있었다.

“사마 총령, 어서 오시게.”

항해민은 사마화인의 방문 소식을 듣고 나오다 들리는 목소리에 깜짝 놀란 표정이 됐다.

“항 소저는 어디 있습니까?”

사마화인은 다짜고짜 질문부터 던졌다.

“총령, 무슨…….”

“항 소저가 실종됐다는 것이 사실입니까?”

“총령이 어찌…….”

항해민은 사마화인이 그 사실을 알고 있다는 것에 할 말을 잃고 말았다.

그 모습에 사마화인의 표정이 어두워졌다. 항해민의 입으로 항예연이 납치됐다는 말을 들은 것과 마찬가지이기 때문이다.

“어디서 들었는가?”

“총단에서 직접 연락을 받았습니다.”

“여의총단에서?”

항해민은 보낸 적도 없는 소식을 받고 찾아온 사마화인을 물끄러미 바라봤다.

“항 소저가 납치됐으니 오늘까지 오지 않으면… 그건 중요한 일이 아닙니다. 누가 납치했는지 알고 계십니까?”

항해민은 몇십 년을 강호에서 살아왔다.

사마화인의 눈빛과 말투에는 거짓이 없었다. 정말로 아무것도 모르고 찾아온 것이 분명했다.

‘나도 늙었군. 이런 사람에게 혹시나 연이의 납치와 무슨 관련이 있지 않을까 의심했다니.’

손녀의 납치 사건은 노강호인 항해민의 판단력까지 흐트러지게 한 모양이다. 항해민은 사마화인을 똑바로 응시하지 못하고 슬쩍 외면했다.

“그들인 것 같네.”

“그들이라니요?”

“십인회가 사라져서 한시름 놓을 줄 알았더니 오히려 금지된 무공을 익힌 자들은 더욱 많아졌다고 하더군. 그들 십인회의 뒤에 있던 자들이 아닐까 생각하고 있네. 연아아……."

항해민의 애잔한 목소리를 듣자 사마화인은 참지 못하고 기를 방출하고 말았다.

쩌저쩍!

사마화인이 밟고 서 있던 대리석 바닥에 거미줄 같은 균열이 일어났다.

'허! 그때와는 비교도 할 수 없는 기파! 그 짧은 사이에 또 성장했단 말인가? 역시 단주의 피를 이은 사람답구나.'

항해민은 사마화인의 성장에 진심으로 놀랐다.

"일단 자리를 옮기세. 자세한 얘기는……."

항해민이 막 사마화인을 안으로 청하려 할 때였다.

부하 중 한 명이 턱에 숨이 걸린 채로 내전 안으로 달려들어왔다.

"궁주님!"

"무슨 일이냐? 연이의 소식이 왔느냐?"

항해민이 대답을 촉구하자 부하는 곧장 입을 열려다 사마화인을 보고 눈이 화등잔만 하게 커졌다.

"여, 여의총령… 이십니까?"

"네가 어찌 여의총령을 아느냐?"

항해민은 부하가 본 적도 없는 사마화인을 아는 척하자 차갑게 가라앉은 눈으로 대답을 촉구했다.

"지, 지금 무, 무온지대로 가셔야 합니다."

　대답은 항해민에게 했지만 가야 할 사람은 사마화인이란 뜻이었다.

　"정신 차리고 똑바로 말하지 못하겠느냐!"

　"구, 궁주님, 저도… 잘 모르겠습니다. 깨어나 보니 누군가 보였고… 그가 말하길, 대전에 여의총령이 와 있을 테니 혼자서 무온지대로 오라고 했습니다."

　"여의총령 혼자서?"

　"그, 그렇지 않으면… 아가씨를… 주, 죽인…….."

　"갈!"

　쿠왕!

　항해민은 항예연을 죽인다는 말에 사자후를 터뜨리며 내전 바닥에 구멍을 냈다.

　"무온지대가 어디 있는 겁니까? 궁주님, 저 혼자 가겠습니다."

　항해민이 분노하고 있음을 보면서도 사마화인은 묻지 않을 수 없었다.

　"그럴 순 없네."

　"항 소저가 위험하다지 않습니까?"

　"내가 하네. 내 손녀일세!"

　"그럼 납치당하기 전에 막으셨어야지요! 제가 이곳까지 오지 않도록 하셨어야지요!"

　"사마 총령!"

　"……!"

항해민의 격한 외침에 사마화인은 필요 이상으로 흥분하고 있음을 깨닫고는 재빨리 포권을 취했다. 하나 눈에는 조금도 미안해하지 않고 있었다.

"제가 잠시 실례를 범하고 말았습니다. 사과드립니다. 하지만 항 소저의 일은 제게 맡겨주십시오. 구해서 돌아오겠습니다."

"…자네가 왜?"

"항 소저가 지금 저를 필요로 하고 있잖습니까? 앞으로도 제가 필요할 때면 단숨에 달려오고 싶습니다. 물론 제 곁에 두면 더할 나위 없고요."

사마화인은 상황과 어울리지 않게 항해민에게 손녀딸을 달라고 부탁하고 있었다. 상황만 이렇지 않다면 항해민도 흔쾌히 허락할 일이었으나 그럴 여유가 두 사람에겐 없었다.

"기다리겠네. 만일……."

"만일은 없습니다. 구해옵니다."

항해민은 돌아서는 사마화인의 뒷모습이 무척이나 듬직해 보였다. 물론 그 역시 사마화인이 돌아올 때까지 손을 놓고 있을 생각은 없었다.

"장로들을 불러!"

빙궁이 바라다 보이는 무온지대 건너편 공터.

요요는 다가오는 인기척을 느끼고 고개를 돌렸다.

보이는 사람은 없지만 누군가 다가오고 있음을 느낄 수 있었다.

“사마화인… 정말 항 소저를 사랑하는 모양이네요.”

“……!”

항예연은 요요의 말이 눈을 부릅뜨고 주위를 둘러봤다. 그러다 멀리서 움직이는 점에 시선을 고정시켰다.

“사, 사마 총령님…….”

항예연이 혼잣말을 중얼거리는 사이, 점처럼 보이던 사마화인의 모습이 확연히 드러났다.

“항 소저는 풀어줘라.”

이 장 앞까지 다가온 사마화인이 요요를 노려봤다.

“정말 왔네요, 사마 총령.”

요요는 뭐가 그리 우스운지 웃음을 멈추지 못했다.

“지금이라도 항 소저를 빙궁으로 돌려보내고 사과한다면 없던 일로 하겠다.”

“호호호, 그렇게 하려고 했으면 애초에 시작도 안 했겠죠.”

“목적이 뭐냐?”

“목적이라… 사마 총령의 목숨?”

“……!”

“호호호, 걱정 말아요. 지금 당장 뺏는다는 말은 아니니까. 그나저나 마른 여자를 좋아하나 봐요?”

요요는 항예연의 옆으로 가서 가슴이 돋보이도록 선 후 사마화인을 바라봤다.

“마른 사람을 좋아하는 게 아니라 항 소저를 좋아하는 거다.

항 소저 옆에 서니 너는 정말⋯ 천박해 보이는구나.”

“처, 천박!”

요요의 눈에 살기가 감돌았다.

장난이긴 했어도 항예연보다 우월하다고 여기던 요요에게 사마화인의 말은 그야말로 충격이었다.

요요는 손을 들어 제압당한 항예연의 목덜미를 쓰다듬었다. 빙공을 익힌 항예연이었으나 요요의 한음투골조에 닿자 피부가 빨갛게 일어났다.

“무슨 짓을 하는 거냐! 그만두지 못해!”

“그만두면 내 말을 따를 테냐, 사마화인?”

요요의 말투가 바뀌었다.

“따르면 항 소저를 놓아줄 테냐?”

“우리가 원하는 장소까지 가면⋯⋯.”

“항 소저는 놓아주고 나만 데려가라. 너희들이 원하는 대로 다 해주겠다.”

사마화인은 항예연만 풀려나면 요요 등을 죽일 자신이 있었다. 완성되진 않았으나 뇌정신기라면 그것을 가능하게 해줄 것이다.

“천하의 여의총령께서 한입 갖고 두말하진 않겠지?”

“믿어도 된다.”

“풀어줘.”

요요는 너무 쉽게 대답했다.

사마화인의 눈에 이채가 발해졌다.

"호호호! 왜 순순히 놓아주니까 이상해? 우리가 필요한 사람이 왔는데 데리고 있는 것도 번거로워."

'애초에 나를 노린 건가?'

사마화인은 요요의 득의한 표정을 보자 기분이 나빠졌다.

"이제 네가 잡혔으니 네 아버지 사마중경은 어떤 반응을 보일까?"

"아버지? 내가 아니라 아버지를 노린 거냐?'

사마화인은 어이없는 목소리로 물었다.

이번에 뇌정신기를 전수받으며 느낀 사마중경의 무위는 사마화인과 비교할 수준이 아니었다. 그런 사람을 노린다?

"가보면 안다."

요요는 사마화인이 듣고 싶어하는 대답은 해주지 않고 의미 모를 웃음만 지었다.

"그전에 내가 너희들을 모두 죽인다면?"

"왜 금제를 안 하느냐는 질문 같은데, 굳이 그럴 필요가 없잖아. 네게 그럴 능력도 없을 텐데."

요요가 빙글빙글 웃으며 사마화인을 넌지시 쳐다봤다. 마치 언제든 사마화인 정도는 처리할 수 있다는 자신감이 담긴 웃음이었다.

사마화인은 조심스럽게 기를 끌어올렸다.

주위에 몇이나 있는지 알아내려는 것이다.

'십 장 안엔 아무도 없다. 좀 더 알아보고 싶지만 그랬다가는 들킬 수 있다. 좋다, 어디까지 하는지 보자.'

사마화인이 결정을 내리는 순간 요요는 항예연의 혈도를 풀어주었다. 항예연은 혈도가 풀리자마자 자리에서 일어나 사마화인의 앞으로 걸어갔다.

비틀거리는 다리를 억지로 모아 사마화인에게 다가간 항예연은 무너지듯 안겼다.

"죄송해요. 돌아가는 즉시 아버지께 말씀드려서……."

"그러지 말아요, 항 소저."

"저 때문에……."

"돌아가는 즉시 최대한 빨리 기운부터 차려요. 곧 다시 볼 거예요. 어머니께 항 소저를 소개해 주고 싶어요."

"……!"

사마화인은 움찔 놀라는 항예연의 등을 두드려 준 후 양쪽 어깨를 잡고서 떼어냈다.

"항 소저가 무사히 빙궁으로 돌아간 것을 확인한 후 따라가겠다."

"안 그래도 돼. 이곳에 두면 알아서 찾아갈 테니까."

"무슨 뜻이지?"

"항 소저는 무사하다. 여기 둘 테니 데려가도록."

요요의 대답은 사마화인이 아닌 아무도 없는 공간을 향했다.

"그런 수법은 곤란해."

사마화인의 눈이 차갑게 가라앉았다.

"그런 수법? 저기 사람이 오잖아. 여의총령 맞아?"

“······!”

사마화인이 무슨 소리냐는 눈으로 요요가 보고 있는 곳을 돌아봤다. 그곳에는 빙궁 사람으로 보이는 노인 둘이 걸어오고 있었다.

“요망한 것.”

다가온 노인 둘은 분노로 치를 떨더니 당장에라도 요요에게 손을 쓸 기세로 입을 열었다. 빙궁의 장로들이었다.

“어때?”

요요는 노인들에겐 시선도 주지 않았다.

잔뜩 인상을 쓰고 있는 사마화인을 놀리는 것만 해도 충분했기 때문이다.

“이 정도면 충분하지 않아? 저 둘이 데려온 자들까지 손끝 하나 건드리지 않았다고. 저들이라면 항 소저를 무사히 집으로 데려가지 않겠어?”

죽이려면 언제든 그럴 수 있었지만 그러지 않았다는 말을 돌려서 하고 있었다.

요요는 사마화인보다 먼저 두 노인의 인기척을 느꼈다. 그 것은 부정할 수 없었다. 무공과 정보 어느 쪽으로든 진 것이다.

“항 소저, 어서 돌아가세요.”

“······.”

“저들은 날 어쩌지 못해요.”

“알아요.”

항예연은 고개를 끄덕이고는 아랫입술을 피가 나도록 깨물
었다. 이 모든 일이 자신 때문에 일어났다는 것을 자책하는 행
동이었다.
　　툭.
　　사마화인이 항예연의 뺨을 손가락으로 건드리며 고개를 가
로저었다. 자책하지 말라는 뜻이었다.
　　항예연은 더 이상 떠나길 주저하면 안 된다는 것을 알고 있
으면서도 당차게 돌아서는 것을 주저했다.
　　"자, 가지."
　　사마화인은 항예연이 떠나길 망설이자 요요에게 시선을 돌
렸다.
　　빙궁의 두 노인은 망설이는 항예연을 데리고 곧장 빙궁으로
향했다. 물론 외면하고 있는 사마화인에게 미미하게 고개를
숙이는 것을 잊지 않았다.

＊　　　＊　　　＊

　　사마중경은 산 전체가 붉은 바위산에 도착했다.
　　사천성 성도에서 서남쪽으로 오백 리 정도 떨어진 곳에 위
치한 적총(赤塚)이란 바위산이었다.
　　하루 종일 붉은 안개가 바위를 감싸서 이끼조차 붉은색이라
고 했다.
　　이곳을 아는 사람은 극히 적었다.

사마중경은 산 중턱에 내려서서 주위를 둘러보았다.

누군가의 피가 이승을 떠나지 못하고 떠도는 것 같은 음산한 느낌이 가득했다.

"역시나 이곳이군."

오십 년 전의 몹쓸 기억이 또다시 떠올랐다.

사랑하는 부인을 찾아 숨 한 번 몰아쉬지 않고 달려왔던 곳.

고오오―

사마중경의 몸으로 다가오던 안개가 밀려났다.

따앙―!

인위적인 소리.

사마중경을 발견한 모양이다.

일부러 모습을 드러냈으니 당연한 것이었으나 사마중경이 적총에 도착한 시각을 고려하면 빠른 반응이 아닐 수 없었다.

돌을 때리는 소리는 점점 빠르고 강해졌다.

"그래, 몰려들어라. 나 사마중경이 지난 오십 년 동안 무슨 생각을 하고 살았는지 똑똑히 보여줄 테니까."

사마중경은 희미한 미소를 머금었다. 그러자 그의 전신에서 살기가 줄기줄기 뻗어 나왔다.

저 위쪽 어딘가에서 지켜보고 있을 자가 느끼길 바라는 살기였다. 곧 갈 테니 기다리라는 경고이기도 했다.

*　　　*　　　*

적총 정상.

매끄러운 백옥으로 만들어진 돌 위에 청년 한 명이 옴짝달싹 못하고 누워 있었다.

청년의 사지를 묶은 철삭은 검붉은빛을 띠고 있었다.

말라 버린 입술, 파리한 피부, 그리고 그의 복부에 박혀 점점 더 붉어지는 검 한 자루.

청년은 빙궁에서 요요를 따라나선 사마화인이었다.

"흡정마검(吸精魔劍)이 완전히 붉은색으로 변하면 뽑아라."

사마화인이 누운 바위 옆에는 청죽림주가 요요의 시중을 받으며 앉아 있었다.

"예."

요요는 극히 공손한 자세로 대답하며 청죽림주가 건네는 찻잔을 받았다.

"씨는 도둑질 못한다고 하지. 본좌의 손에서 이십 초나 견뎠어……."

청죽림주의 목소리엔 짜증이 담겨 있었다.

이곳으로 온 뒤, 사마화인은 숨겨두었던 힘을 폭발시켜 청죽림주를 덮쳤다. 결과는 지금 모습 그대로였다.

이십 초. 그것도 청죽림주는 전력을 다하지도 않은 상태로 사마화인을 제압했다.

"…멀었어……."

사마화인은 멍한 얼굴로 무언가를 중얼거렸다.

"대단해. 제 아비에게 쓸 흡정마검까지 몸에 박고도 아직 정신을 잃지 않다니 말이야. 그런데 뭐라고 하는 거냐?"

"…천마… 멀었… 진짜 무서운……."

"……."

"…압도……."

사마화인은 '압도' 라는 말을 끝으로 입을 닫았다.

설핏 들으면 청죽림주가 압도적이라는 말 같지만 청죽림주는 이미 천마라는 말을 듣고 말았다.

"천마를 아느냐?"

"…압도……."

천마라는 말이 나오자 사마화인은 압도란 말을 또다시 중얼거렸다.

"천마가 그리도 압도적이란 말이지? 진짜 압도적인 것이 뭔지 모르는 모양인데……."

청죽림주는 자리에서 일어나 사마화인에게 다가가 복부에 박힌 흡정마검에 손을 댔다. 그러자 흡정마검이 기이한 울림과 함께 빛을 뿜기 시작했다.

"으으으!"

사마화인의 허리가 활처럼 휘어지며 몸 안의 핏줄들이 파랗게 일어났다.

"아니지, 아니야……."

청죽림주는 고통스러워하는 사마화인을 보다가 흡정마검에서 손을 뗐다. 그리고는 요요를 물끄러미 바라봤다.

쾅!

묵직한 굉음과 함께 바닥이 무너져 내렸다.

"화인아……."

무너진 바닥 위로 사마중경이 천천히 올라왔다.

"생각보다 일찍 왔군. 역시 아들이 나은 건가? 후후후."

목소리에 조소가 담겨 있었다.

사마중경은 목소리의 주인을 돌아봤다.

드디어 오십 년 만에 만나게 됐다.

사마중경은 청죽림주의 머리끝부터 발끝까지 하나도 빠짐 없이 살폈다.

저 얼굴이었다. 목구멍에서 피가 터져라 부르고 외쳐도 나타나지 않던 자. 태어나 처음으로 목숨을 버려도 하나도 아깝지 않을 여인을 잃게 만든 자.

"너였구나."

"나였다."

"그래, 저렇게 생겼었어."

사마중경은 미미하게 고개를 끄덕인 후 청죽림주에게서 고개를 돌렸다.

"아들은 살아 있다."

"흡정마검이로군."

"역시 안목이 달라."

"저 어린것의 내공이 얼마나 된다고 저런 마물을."

"상당하더군. 아직까지 살아 있는 것만 봐도 알잖아?"

"네게 뺏기라고 준 게 아니다."

사마중경은 가볍게 손을 들어 올렸다.

탕!

사마화인의 사지에 묶여 있던 쇠사슬이 끊어졌다.

"안 되지. 그렇게 쉽게 돌려줄 것 같았으면 여기까지 데려왔을까? 일단."

짝!

청죽림주가 가볍게 손뼉을 치자, 기다리고 있던 좌위들이 사마중경을 공격해 들어갔다.

"본좌가 준비한 여흥을 즐겨보라고."

"본좌?"

"본좌가 바로 삼천좌 중 죽좌다."

"죽좌?"

들어본 적도 없는 이름이다.

십천좌 중에 죽좌란 이름은 없기 때문이다.

"네가 죽좌든 뭐든, 오늘… 죽는 것엔 변함이 없다."

사마중경의 신형이 서서히 허공으로 떠올랐다.

지지직.

몸에서 일어난 푸른빛은 이내 전신으로 퍼졌고, 어느 순간 사방으로 확산됐다.

*　　　*　　　*

용악은 물러난 자들을 두고 돌아서지 않았다.

누구든, 어떤 이유에서든 혈교의 영역에 들어온 이상 대가를 치러야 한다. 언제든 들어왔다 나갈 수 있는 곳이 되어선 곤란했다.

폭우는 시야를 가릴 정도로 퍼부었으나 용악의 눈엔 저 멀리 삼불 등의 모습만 보였다.

'……!'

삼불을 뒤쫓던 용악이 허공에서 방향을 틀어 거목의 위로 내려섰다.

삼불 등에 가려져서 보이지 않던 한 사람이 눈에 들어온 까닭이다. 원래부터 그 자리에 있었던 것처럼 태연하게 거목 위에 올라선 용악을 보고 있었다.

번쩍!

뇌전이 다시 한 번 어둠을 갈랐다.

평범한 마의를 걸친 노인.

쏟아지는 폭우에서도 그의 옷에는 물기 한 점 묻어 있지 않았다.

'고수.'

용악을 긴장시킬 정도의 분위기가 노인에게서 풍기고 있었다. 용악은 천천히 거목에서 내려왔다. 그러자 노인 역시 허공으로 붕 떠오른 채로 용악에게 날아왔다. 대단히 유연하고 자연스러운 신법이 아닐 수 없었다.

"아이들을 많이도 죽였더군. 사마중경의 창에 찔렸다고 하더니… 그 손 말일세. 괜찮은 모양이군.”

“……!”

용악은 다가온 노인이 사마중경과 있었던 일에 대해 떠들어대자 인상을 쓸 수밖에 없었다. 사마중경과의 일을 알고 있다면 노인의 정체는 뻔하기 때문이다.

“천마, 맞나?”

노인이 먼저 물었다.

“형산으로 사람들을 보낸 자군.”

“딱히 나라고는 할 수 없지만 관련은 있지.”

“이상한 것에 신경을 쓰던 자들이 당신 제자인가?”

“흘흘흘. 제자라……. 그런 아이들이야 언제든 만들어내지. 제자보다는 내 소유물이라고 해둠세.”

노인은 피식 웃는 것으로 대답을 대신했다.

나이답지 않게 치아가 하얗다.

“내 그림자 중 둘이 죽었다더구나. 허허허. 탓하려고 온 건 아니니 긴장할 건 없다. 죽일 생각이었으면 벌써 손을 썼을 테니까.”

“죽일 생각?”

용악은 노인의 농담 같지도 않은 말에 헛웃음이 나오고 말았다. 불과 십여 장의 거리를 두고 있는데 노인은 용악의 능력을 알아보지 못하는 모양이다.

노인은 분명 상당한 실력을 지닌 고수가 분명했다. 하나 그 정도로는 용악을 어찌하기엔 무리인 것도 사실이었다.

'아! 곤!'

용악은 노인의 판단이 흐려진 원인이 곤에 있음을 깨닫고 이채를 발했다. 곤에 감싸인 용악의 기를 노인은 알아보지 못한 것이다.

"뭘 생각하기에 그런 눈빛을 하지?"

용악의 눈빛이 변하는 것을 봤는지 노인이 반문했다.

"당신을 어떻게 할지 고민하다 좋은 생각이 떠올랐거든."

"흘흘. 이래서 젊음이 좋지. 눈에 보이는 대로 판단하고 움직이면 될 것 같거든. 하나 세상이 어찌 그리 쉬울까. 하긴 그 사부에 그 제자니 이해는 한다."

"그 사부에 그 제자?"

"네 사부도 그랬느니라. 젊은 혈기에 미친 듯이 날뛰었지. 하나… 흘흘."

노인은 희미하게 웃으며 용악을 도발이라도 하듯 쳐다봤다. 하나 용악은 여전히 제자리에 선 채 아무런 행동도 취하지 않았다.

"놀라지 않는군."

"사부님께서 화가 나실 일을 만들었겠지. 당신이 그랬나?"

"흘흘. 네게 혈마에 대해 말해주는 자들이 많지 않았던 모양이구나. 혈마… 강했다. 하지만 강하다는 것은 지극히 상대적인 것이다. 더 강한 사람을 만나면 조심했어야지."

'조심?'

용악에게 무언가 말하려는 의도가 느껴졌다. 이럴 때는 궁금해할 이유가 없었다.

용악은 침묵한 채 할 말 있으면 해보라는 표정으로 가만히 있었다.

"궁금하지 않느냐?"

"오래전 일엔 별로. 무슨 말이 하고 싶은지는 몰라도 사부님께서 내게 말씀해 주시지 않은 것이라면 내겐 무의미할 뿐이다."

"과연 그럴까?"

노인은 용악의 반응이 너무도 재미있어 어쩔 줄 모르겠는 사람처럼 낄낄거리기까지 했다.

"생각만 해도 우스운 일이었나 보군."

"흘흘. 당연하지! 사부의 일이 궁금해 어쩔 줄 모르는 제자의 모습을 보는데 어찌 우습지 않겠느냐? 사부가 왜 혈교를 해체하고 숨었는지 궁금하지 않나?"

"……."

용악은 노인의 이어지는 말에도 별다른 표정을 짓지 않았다.

"의외군. 사부에 대해 특별한 감정이 없는 건가?"

"내겐……."

"……."

"죽여달라는 말로만 들린다."

"큭큭. 죽여달라? 본좌가?"

용악의 무미건조한 대답에 노인은 어이없는 듯 헛웃음을 터뜨렸다.

"그만."

용악의 눈이 차갑게 가라앉았다.

사부에 대한 말을 듣고 화가 나지 않는다면 거짓말이다. 하나 사부가 눈앞의 노인을 죽이지 않은 데엔 한 가지 이유밖에 없었다.

"사부님의 눈에 띨까 봐 숨어서 나오지 않은 주제에 입만 살아서 지껄이는 꼴, 더 이상은 못 봐주겠다."

"뭐, 뭐라고?"

"사부님이 안 계시니 나다닐 용기가 생겼나?"

"건방진 놈! 감히 본좌 앞에서 그따위 말을!"

노인의 표정이 완전히 일그러졌다.

'흥분? 지금 내가 흥분을 하고 있는 건가?

노인은 천마를 그저 시험해 보기 위해 왔을 뿐이다. 혈마의 얘기를 듣고 흥분해서 날뛰는 천마를 가볍게 제압하고 돌아가려 했다.

그러나 나무 위에 오연히 선 애송이는 녹록치 않았다. 노인 스스로 흥분했다는 것을 인정할 정도로 심지가 굳었다.

'청죽과 지심의 말대로 됐을 뿐이다. 혈마와 사마중경은 우리의 계획에 놀아나서 그렇게 된 것이야. 그런 것이지.'

다른 두 친구를 떠올리니 그나마 욱했던 마음이 가라앉았다. 놀란 가슴이 진정되자 노인, 천불노인은 용악에 대한 적개심이 갑자기 타올랐다.

건방진 애송이가 감히 그를 건드린 것이다.

"본좌는 삼천좌 중 불좌다. 조금 전의 그 한마디로 너와 혈교는 오늘 사라지게 됐다."

"불좌? 훗."

용악은 뒷말은 듣지도 않았다.

천불노인이 자신을 불좌라고 한 순간 기가 막혀 비웃음이 터지고 만 까닭이다.

"지금… 웃었느냐?"

"삼천좌 중 불좌? 그 말을 듣고 웃지 않을 사람이 몇이나 되는지 궁금하군."

"불좌란 말이 뭐가 우습지?"

"십천좌가 언제 셋이 됐지? 게다가 불좌? 그런 자리는 있지도 않잖아."

"……."

"십절이란 자들도 그렇고 얼마 전에… 흠. 그러고 보니 당신이 그였군."

"그?"

"소흘지신체라는 것 꽤나 쓸모가 있어 보이던데. 형산에서 다 죽었으니 속이 좀 상했겠군."

용악은 담담하게 말했지만 많은 생각이 떠오르고 있었다. 십천좌의 무공을 퍼뜨려 십인회를 만들고, 얼마 전에는 떼로 몰려와 몸까지 터뜨리는 것을 서슴지 않던 자들.

천불노인이 그들을 만들어낸 자, 혹은 자들 중 한 명이라 생각한 것이다.

"십천좌에 대해 잘 아는 투로구나."

"잘 안다고 해야겠지."

"무슨 뜻이냐?"

"나만 패를 다 보여줄 순 없지. 내 패를 보려면 좀 더 패를 꺼내시던가."

용악의 말에 천불노인의 표정이 묘하게 일그러졌다.

그 표정을 보며 용악은 십인회의 외혁우를 떠올렸다. 같은 말을 했을 때, 외혁우는 믿을 수 없다며 불같이 화를 냈다.

"흘흘. 패를 꺼내라? 제법 장사를 할 줄 아는구나. 하나 너는 하지 말아야 할 말을 했다. 십천좌를 어떻게 아는지 모두 말해야 할 게야."

천불노인의 전신에서 기세가 일어났다.

용악이 십천좌에 대해 말하는 순간부터 달라진 기세가 확연히 커졌다.

살심이 일어난 것이다.

천불노인이 늘어뜨리고 있던 오른손을 들어 올렸다.

그러자 그의 손이 붉게 타오르며 벼락 치는 굉음과 함께 시뻘건 홍광이 용악의 가슴을 향해 뻗어왔다.

'유리붕권.'

이미 천불노인이 손을 들어 올릴 때 알아봤다.

유리붕권만이 저런 형태를 유지한 채 날아올 수 있었다. 하나 이전에 겪어봤던 권절이라는 자의 유리붕권과는 격이 달랐다.

이십여 장을 좁히며 날아오는 붉은 용은 그 자체로 거대한 강기였다.

쾅!

붉은 용이 무언가에 부딪쳐 나아가지 못하다가 이내 사방으로 흩날렸다.

천불노인은 공격이 막힌 것을 보면서도 이렇다 할 감정을 내보이지 않았다. 당연히 그럴 줄 알았다는 것도 같았고, 기대 이상의 신위에 만족스럽다는 것도 같았다.

그러나 붉은 용이 사방으로 흩날리기 직전, 천불노인의 눈동자가 먼저 움직였다. 먼저 옆을 돌아본 후 아래쪽을 내려다보며 훌쩍 신형을 들어 올렸다.

"좋구나. 지배공간이 이 정도까지 넓을 줄이야."

천불노인이 신형을 들어 올리며 혼잣말을 했다. 단순한 동작 하나였으나 그렇게밖에 할 수 없는 이유가 있었다.

용악이 천불노인의 유리붕권을 막는 동시에 기벽을 열어, 일으킨 것이 아니라 열어서 공격을 가했기 때문이다.

악승이 느끼지도 못하고 당할 수밖에 없었던 그 공격을 천불노인은 가볍게 피해낸 것이다.

"놀랍군."

용악이 홍광 사이에 모습을 드러내며 천불노인을 보고 있었다.

"흘흘. 본좌가 평가까지 받다니, 이게 얼마만인지 모르겠구

나. 그렇다면 직접 부딪쳐 보는 건 어떨지 모르겠구나.”

천불노인은 입술을 비틀며 웃었다. 그리고는 양손을 다른 형태로 만들었다.

오른손은 주먹을, 왼손은 무언가를 쥔 형태였다.

“웃기는 자군.”

용악은 갑자기 피식 웃으며 나무에서 떨어져 내렸다.

푸학!

용악이 땅에 내려서자마자 거목이 비명을 지르며 터져 나갔다.

“유리붕권과 정구도를 동시에 사용할 수도 있는 모양이군.”

용악은 조금도 흐트러지지 않았다.

또 해보려면 해보라는 듯 반격조차 하지 않았다.

“아직 끝나지 않았다, 애송아.”

“그럼 더 해봐, 늙은이.”

“흘흘.”

“……”

용악은 천불노인이 웃는 얼굴을 보지 않았다. 무형의 도를 쥔 손과 주먹 쥔 손을 보고 있었다. 주먹 쥔 손이 벌어졌다.

분위기가 확 달라졌다.

“단룡창이군.”

용악에게서 나직한 읊조림이 흘러나왔다.

“단룡창까지 알아봐? 아직 펼쳐지지도 않았는데?”

천불노인은 용악의 말에 흥미로운 표정을 숨기지 않았다.

십인회나 무진 등과의 싸움으로 무공 이름이야 알 수 있겠지
만 그것은 펼치고 난 후의 일이었다.

　"다른 것도 알고 있지. 소수무, 운외반간. 더 말해야 믿겠
나?"

　"…흘흘."

　천불노인은 고개를 절레절레 흔들었다.

　더 묻지 않아도 용악의 말이 사실이란 것을 안 까닭이다.

　'천마를 만나러 오길 잘했구나. 천마가 알고 있는 것을 삼왕
과 사마중경이 모를까?'

　의문은 이어졌다.

　'이놈 때문에 청죽과 지심이 세운 계획에 차질이 생겨서는
곤란하지.'

　가장 먼저 떠오른 생각이 그것이었다.

　다른 두 사람은 각자가 맡은 역할에 충실하기 위해 강호로
나갔을 것이다.

　일단은 좀 더 알아내는 것이 중요했다.

　"뭔가를 알고 있다는 것은 인정하겠다. 하나 그런 것이야 언
제든 들을 수 있는 것이고. 패를 꺼내라고 했더냐? 흘흘. 많이
가지고는 있지만 하나만 꺼내도록 하마. 네 사부가 너를 제자
로 삼은 것을 보니 자식이 없었던 모양이지?"

　"사부께선 평생을 홀로 지내셨는데 무슨 헛소리를 하는 거
지?"

　"홀로? 흘흘. 그거야말로 헛소리구나. 네 사부는 여자가 있

었다.”

“……”

“아깝게도 그 여자와 생이별을 해야 했지만.”

씨익.

천불노인의 한쪽 눈썹이 올라가며 눈빛이 번뜩였다.

용악의 표정이 일순 굳어지는 것을 확인한 것이다.

“지금 뭐라고 했지?”

“흘흘. 흥분하지 마라, 천마. 네 사부의 여자를 본좌가 잠시 데려왔다가… 돌려주지 못했다고 말한 것뿐이니까.”

천불노인이 마지막 말을 하는 순간 용악의 전신이 빛으로 물들기 시작했다.

第七章
몰살

천신마제

천신마제

천불노인은 용악이 어떻게 지급과 인급 좌위들을 한꺼번에 처리했는지 들었다, 용악에게서 수백 개의 암기가 쏟아져 나와 반수 이상을 죽였다는.

천불노인은 그 수법을 보고 싶어 일부러 용악을 자극했다. 어느 정도의 무공이기에 그의 그림자 중 세 번째 무공을 가진 삼불이 덜덜 떨었는지 궁금했다.

용악의 몸에서 빛이 흘러나왔다.

그 모습을 본 천불노인은 살짝 인상을 썼다.

'모자란 놈인가?

그가 보기에 용악은 공격보다는 수비를 하려는 것처럼 보였다. 무공을 펼치기도 전에 호신강기로 몸부터 보호하다니 어이가 없을 지경이 됐다.

천불노인은 용악의 어설픈 태도에 짜증 섞인 손짓을 날렸다.

퉁.

가볍게 밀어낸 것 같던 천불노인의 손에서 엄청난 경기가 일어나며 그대로 용악을 덮쳤다. 일종의 시험이라 생각하고 펼친 유리붕권이었다.

당연히 호들갑을 떨어야 했다.

수비에 치중하는 멍청이는 그래야 하기 때문이다.

그러나 용악의 반응은 무덤덤했다. 날아오는 유리붕권의 권경을 향해 손을 내밀어 막으려 했다.

"흘. 그리 쉽게……."

천불노인이 가볍게 떨쳤다고는 해도 권에 담긴 경력은 능히 강기와 버금가는 수준이었다.

퍽퍽퍽!

힘차게 뻗어나가던 경력이 푹신한 이불에라도 닿은 것 같은 소리가 났다. 그리고는 용악의 일 장 앞에서 요란하게 회전을 일으키다 완전히 움직임을 멈추었다.

"너무 쉽구나."

용악은 양손을 들어 올린 채 천불노인을 향해 조소 어린 시선을 보냈다.

"흘흘. 호신강기가 아니었단 말이지?"

"너는, 그 말을 하지 말았어야 했다. 혈교의 영역에 들어와서 사부님을 모욕한 죄는 그 어떤 것으로도 용서되지 않는다.”

용악은 천불노인이 날린 유리붕권을 손으로 움켜쥐며 분노를 드러냈다.

‘잡아?’

천불노인은 유리붕권의 경력을 움켜쥐고도 멀쩡한 용악을 보며 다시 손을 떨쳤다. 용악의 입에서 나오는 그 어떤 말도 천불노인에겐 위협이 될 수 없었다.

천마든 뭐든 이길 자신이 있기 때문이다.

퉁.

천불노인의 손에서 뇌전이 번뜩인 것 같은 빛이 났다. 그 빛은 하나, 둘…… 연속해서 십여 개나 천불노인의 손에서 쏟아져 나왔다.

유리붕권에 이어 운외반간을, 그리고 소수무까지.

막으면 부수면 그만이었다. 제아무리 막강한 호신강기라고 해도 그 정도의 연속 공격이면 부서질 수밖에 없었다.

“귀는 말을 들으라고 있는 거다.”

용악은 천불노인의 손에서 쏟아져 나오는 경력들을 지켜보다 양손을 모았다. 어느 정도의 힘을 내야겠다는 의지가 일어나면 곤은 그에 맞는 힘을 낼 수 있도록 해주었다.

파팟!

이번에도 천불노인의 공격들은 용악의 앞에 멈췄다가 양옆으로 미끄러졌다. 신기한 것은 수많은 경력들이 잡혔음에도 천불노인은 그 어떤 반탄력도 느끼지 못했다는 것이다.

완전한 탈취.

천불노인의 진기가 용악이 만든 벽과 부딪치는 순간 끊어져
버리는 것을 의미했다.

콰아아!

두 사람의 공방으로 사방에 먼지폭풍이 일어났다.

십여 장을 사이에 두고 두 사람의 내공이 충돌을 일으킨 것
이다.

"주, 주군의 신기를 모조리 막아내다니……."

삼불은 천불노인의 뒤쪽에서 대결을 지켜보다 자신도 모르
게 고개를 내저었다.

"이불과 오불이 죽은 건 어쩌면 당연한 것 같다."

천불노인의 힘이 어느 정도인지 가장 잘 아는 일불조차 용
악을 인정하고 말았다.

"조사가 잘못된 건가? 저런 자를 도왕이 봐줬다고? 다른 두
천좌께서 보내신 천급 좌위들과 팽팽하게 싸웠다고?"

사불은 믿을 수 없는 눈으로 천불노인과 싸우면서 한 걸음
도 물러서지 않는 용악을 쳐다봤다.

먼지폭풍은 두 사람의 공간을 감싸며 거대한 구체로 화하고
말았다.

'되돌려야 한다.'

용악은 빗방울을 이용해서 백여 명의 몸에 구멍을 뚫을 때

와 마찬가지의 원리를 떠올렸다.

움찔.

가둬놓았던 천불노인의 경력이 거세게 반발을 했다. 아직 천불노인의 힘이 잘려지지 않은 모양이다.

"그거였구나."

천불노인은 용악의 그물에 걸린 경력을 보며 고개를 끄덕였다. 지금껏 한 번도 보지 못한 특이한 수법이었다. 하나 특이하기만 했지 특별하지는 못했다.

통.

또다시 천불노인의 손에서 경기가 일어났다.

이번엔 조그마한 구슬처럼 생겼다. 조금 전보다 더욱 강한 힘이 실려 있음을 뜻했다.

"얼마나 가둘 수 있는지 한번 보자."

천불노인의 손을 떠난 경력들이 줄기차게 뻗어나갔다. 노렸던 곳을 세 번 연속해서 공격한 것이다.

쾅!

거친 폭음과 함께 천불노인의 얼굴에 웃음이 퍼졌다.

굉음이 터졌다는 것은 용악이 공격을 막기 위해 다급해졌음을 뜻했다.

"더."

쾅!

흔들리지 않을 것 같던 용악의 신형이 살짝 움직인 것 같았다.

"어디까지 막아내나 볼까?"

천불노인이 말을 마치고 다시 손을 들어 올리려 할 때였다.

"탄!"

용악은 벽에 박혀 있던 천불노인의 힘을 강제적으로 해방시켜 내보냈다.

콰콰콰!

천불노인이 내보낸 경력과 용악에 의해 강제로 밀어낸 두 힘이 충돌을 연속해서 일으켰다.

"헛!"

먼지폭풍이 가득한 공간 안에서 천불노인의 헛바람 삼키는 소리가 들렸고, 곧이어 조금 전과는 비교도 할 수 없는 굉음이 연속해서 일어났다.

쿠콰콰콰!

천불노인은 손으로 느껴지는 묵직한 경력에 인상을 썼다. 어이없게도 조금 전에 용악에게 쏘아냈던 힘이 고스란히 손끝에 느껴진 탓이다.

"이건 혈마의 무공이 아니다!"

천불노인은 두 사람의 공간 밖으로 밀려난 채 당황스런 표정으로 입을 열었다.

"당연하지. 나는, 천마다."

"아무리 천마의 무공이라 해도 뿌리는 있는 법이다. 이건… 혈마의 무공이 아니야!"

"다른 건 기억하지 마라. 나는 천마고, 너는 지금 천마 앞에 있다.”

용악의 목소리엔 조금의 감정도 담기지 않았다.

그에 반해 천불노인의 목소리에는 여러 가지 감정이 묻어 있었다.

누가 대결에서 이득을 봤는지 분명해지는 순간이었다. 다 알고 있다고 여기다 뒤통수 맞은 것 같은 천불노인과 제자리에서 꼼짝도 하지 않은 용악.

“이럴 수도 있구나. 네 나이에 삼왕과 비교해도 조금도 밀리지 않을 실력이라니.”

“삼왕? 마치 그들과 네가 비슷한 실력이기라도 한 것처럼 말하는구나.”

“……!”

천불노인은 눈가에 잔 경련이 일었다.

천불노인의 생각은 용악과 반대였다.

삼왕은 소흘지체를 이룬 삼천좌의 상대가 될 수 없었다.

“흘흘. 적당히 다뤄주니 기고만장하는구…….”

“이번엔 내가 먼저 가지.”

용악은 천불노인의 말을 자르며 발을 들어 땅을 밟았다.

쿵!

용악의 주위에 있던 돌멩이들이 허공으로 떠올랐고, 그것들은 곧장 천불노인을 향해 쏘아져 갔다.

천불노인의 몸에도 변화가 있었다.

붉은색 빛이 그의 몸에 일렁인다 싶은 순간 유리붕권에 색이 입혀지며 다가오는 돌멩이들을 모두 녹여 버렸다. 그리고는 형태를 유지한 채 용악을 향해 날아갔다.

콰콰콰!

마치 쇳덩이를 매단 풍차처럼 무거운 바람이 용악을 짓이겨갔다.

용악은 다가오는 힘을 바라보면서도 아무런 움직임을 취하지 않았다.

곤은 털을 바짝 세운 고슴도치처럼 용악을 보호했다. 그만큼 날아오는 경력이 엄청남을 뜻했다.

그러나 용악은 아주 간단한 기수식을 취했을 뿐이었다. 기벽을 세우지도 않았고, 천마벽으로 몸을 보호하지도 않았다.

용악이 자리에서 처음으로 움직였다.

천불노인은 천지인급 좌위들과 격이 다른 것이 사실이었다. 상대가 바뀌었는데 이전의 자세를 유지하는 것은 어리석은 일.

용악은 자리에서 사라지며 날아오는 경력을 때려내며 천불노인에게로 다가갔다.

쾅! 쾅! 쾅!

조금씩 두 사람의 거리가 좁혀들었다.

"……!"

일곱 번째인가, 여덟 번째 굉음이 터지자 천불노인은 더 이상 제자리에서 버티고 있을 수 없었다.

경기를 유형화시킬 수 있는 용악이 직접적인 타격을 가하며 다가올 줄은 생각지도 못한 방법이었기 때문이다.

"놈!"

천불노인은 사자후를 터뜨려 용악의 시야를 잠시 가린 후 곧바로 몸을 열었다.

소흘류의 힘이 그의 전신으로 퍼졌다.

'이렇게까지 해야 하다니! 괜한 자극이었다.'

혈마에게 부인이 있고 그 부인을 천불노인이 죽였다는 암시. 그것은 하지 말아야 할 이야기였다. 용악의 힘을 끌어내기 위해 일부러 그런 것이 천불노인을 위협할 정도가 될 줄은 꿈에도 생각지 못한 것이다.

그러나 소흘지체로 화한 이상 그런 위협도 이젠 소용없었다. 천불노인의 눈에 노기가 일어났다.

"그자들과는 좀 다르군."

용악이 팔짱을 낀 채 천불노인이 소흘류의 힘을 끌어올릴 때까지 기다려주었다. 진과 휴, 적혼 등이 보여주었던 소흘지신체와 천불노인의 소흘지체는 확실히 달랐다.

적혼 등의 소흘지신체가 단단하기만 하다면 천불노인이 소흘지체로 변한 뒤에는 공기가 달라졌다. 조금 전이 오 할이라면 십 할, 그 이상으로 올라선 것 같았다.

"그놈들이 익힌 것은 아주 초보적인 단계에 불과하다. 너는 내가 이 힘을 끌어올리지 못하게 했어야 했다."

"확실히 달라졌어. 그렇게라도 해야지. 네가 할 수 있는 모든 것을 다 하라. 그래야 살 수 있다.”

용악은 소흘지체로 화한 천불노인을 보면서 웃었다.

담담한 목소리에 싸늘한 눈빛이 더해지자 소흘지체로 변한 뒤에도 천불노인은 여유를 갖지 못하게 됐다.

'이미 놈의 무공은 한 번 봤다. 소흘류를 일으킨 이상 놈의 무공은 더 이상 내게 위협이 되지 못한다.'

천불노인은 용악을 당장에 죽일 수 있다는 자신감이 있었으나 먼저 손을 쓰진 않았다.

분노하고 있으면서도 소흘류의 내력을 빠르게 순환시키며 몸 상태를 먼저 신경 썼다. 용악의 시선과 마주한 뒤로는 더욱 조심스러워졌다.

그것이 싫었던가?

“죽인다.”

용악보다 몇 배는 오랫동안 무공을, 그것도 소흘류라는 희대의 무공을 익혔다. 천 개의 불상을 새기며 형(形)을 완성했건만 애송이 앞에서 조심스러워한다? 화가 났다.

우우웅!

천불노인의 손에서 기이한 음향이 들리는가 싶더니 찰나의 순간에 공간을 압축하며 용악에게 짓쳐들었다.

소흘류를 운외반간과 소수무에 담은 것이다.

콰쾅!

천불노인의 손과 용악의 손이 충돌을 일으켰다. 아니, 두 손은 손바닥 하나 두께 정도 떨어져서 부딪쳤다.

용악의 손은 조금도 밀리지 않았다.

형(形)은 같지만 그 안에 담긴 내용물은 천지차이였다.

천불노인의 손에 담긴 힘을 고스란히 받아내려 했던 용악은 생각을 바꿔야 했다.

운외반간의 무리를 담은 천불노인의 손을 잡아 형을 무너뜨리고 소수무의 백색 환영이 펼쳐지기 전에 기벽으로 감쌌다.

쩌저저쩡!

두 사람 손이 부딪치며 굉음을 울렸다.

"어림없다!"

천불노인의 손이 활짝 퍼졌다가 무언가 움켜쥐는 시늉을 했다. 막히면 뚫으면 그만이고, 그래도 막히면 돌아가면 그만이었다.

타항!

용악의 기벽이 천불노인의 한음투골조에 의해 산산조각 나고 말았다.

천불노인은 닥치는 대로 부수려 했다. 그것은 그만큼 용악의 알 수 없는 힘이 위협을 주고 있음을 뜻했고, 그로 인해 서두르게 만든 것이다.

곤을 얻기 전이라면 용악 역시 천불노인의 호흡에 맞추려 했을지도 몰랐다. 하나 곤은 천불노인의 호흡과는 무관하게 용악으로 하여금 무엇인가를 준비하게 했다.

강하게 밀어붙이는 것에만 신경을 쓰고 있는 천불노인은 그

변화를 못 느끼고 있었다.

쩡!

“……!”

무언가 손 안으로 파고든다는 느낌이 들자마자 천불노인은 뒤로 물러서서 자신의 손을 들여다봤다. 아무것도 없었다.

이럴 때 몸 안으로 무언가 들어왔다는 생각을 하게 되면 반응이 느려지고 제대로 대응을 할 수 없게 된다. 하나 천불노인은 강자였다.

흔적이 없는 이상 무시하기로 한 걸까?

천불노인의 눈에는 아무것도 떠올라 있지 않았다.

용악이 처음으로 반보 뒤로 물러섰다.

천불노인이 형을 버렸다면 그에 상응하는 힘을 내야 했다.

기벽에 이어 천마수를, 그다음에 천마벽을 일으킨 채 몸통으로 천불노인의 몸과 부딪쳤다.

콰쾅!

단순하다 못해 무식하기까지 한 공격이었다.

그러나 용악의 공격을 받아들이고 반격까지 하는 천불노인의 안색은 일그러질 대로 일그러졌다.

용악의 손동작 하나, 들이닥치는 몸동작 하나에 실린 경기는 무겁고, 무서웠다.

놀라기는 용악 역시 마찬가지였다.

곤을 얻은 뒤로 누구와 싸워도 죽지 않을 자신이 있었다. 한데 가짜 삼천좌 중 한 명을 상대로 벌써 몇십 초가 지났음에도 승부를 내지 못했다.

쉭.

용악의 신형이 사라졌다.

박투를 시작했던 용악이 갑자기 사라지자 천불노인은 급히 찾았고, 고개를 돌리는 순간 날아온 경기에 고스란히 맞고 말았다.

쾅!

천불노인의 옆구리가 움푹 들어갔다. 충격을 최소화하기 위한 응변이었다. 동시에 경기가 날아온 방향으로 수십 개의 공격이 쏟아져 갔다.

콰콰콰!

용악은 한 손으로 천마수를 뿌려 천불노인의 공격을 막는 한편, 다른 공격을 준비하고 있었다.

용악을 향해 쏟아지는 천불노인의 경력을 붙잡았다. 천불노인은 공격을 하느라 눈치채지 못했다. 아니, 그럴 여유가 없다는 것이 옳았다.

한참을 공격에 열을 올리던 천불노인이 손을 거두며 숨을 몰아쉬려 할 때였다.

"돌려주지."

용광로처럼 달아오른 분위기에 찬물을 끼얹는 목소리가 흘러나왔다.

일부러 먼지를 냈던가?

천불노인은 용악의 음성에 안력을 돋워 먼지 가득한 공간을 들여다보려 했다.

희뿌연 먼지를 뚫고 새어 나오는 빛.

그것은 천불노인의 공격이 용악에게 별다른 피해를 주지 못했음을 뜻했고, 자리를 피해야 함을 뜻했다.

"흡!"

천불노인은 급히 숨을 들이마시며 빛이 먼지를 뚫고 다가오기 전에 몸을 움직였다.

콰콰콰콰!

용악에게 퍼부었던 경력이 일제히 천불노인을 향해 날아왔다. 돌려준다는 말의 의미가 무척이나 어울리는 소리가 아닐 수 없었다.

"오불!"

천불노인은 자리를 피하며 오불을 불렀다.

넋을 놓고 싸움을 지켜보던 일불과 삼, 사불이 퍼뜩 정신을 차리고 손을 쓰려 했다. 하나 천불노인에게 오불이 있다면 용악에겐 일곱 수라가 있었다.

셋밖에 남지 않은 천불노인의 그림자들은 일곱 수라에게 가로막혀 움직이지 못했다.

콰콰콰!

천불노인이 서 있던 자리에 무수히 많은 구멍이 생겼고, 땅은 멋대로 찢어지며 일어났다.

'주군을 따르며 단 한 번도 생각해 보지 못한 일이다.'

　죽음. 일불은 용악과 천불노인의 싸움을 지켜보는 동안 자신감을 잃은 상태였다. 자신이 모시는 주군이 용악의 공격을 막지 않고 피했다.

　사기가 떨어진 것은 물론이고 일곱 수라와의 싸움도 똑같은 결과가 일어날 것 같은 예감이 든 것이다.

　스— 억!

　차가운 감촉이 일불의 목젖 아래에서 느껴졌다.

　눈 한 번 깜빡인 시간밖에 흐르지 않은 것 같지만, 그 시간이면 수라혈군, 적의 검은 그의 목을 수십 번 지나칠 수 있었다.

　목과 분리된 그의 눈에 등을 보이며 날아가는 주군 천불노인의 뒷모습이 보였다.

　폭우는 거기까지밖에 보지 못하게 했다. 이내 일불의 눈은 감겼고, 좌위들의 비명도 들리지 않게 됐다.

　쏴아아—!

　폭우는 더욱 거세게 내렸다.

＊　　　＊　　　＊

　사마중경의 손은 쉴 새 없이 허공을 때렸고 발은 적총을 무너뜨릴 것처럼 움직였다. 뇌정신수와 뇌정보로 주위는 경기로 가득했다.

　청죽림주의 손도 바빠졌다.

쾅! 콰콰!

뇌정신수는 유리붕권으로 막아내고, 뇌정보는 소수무로 차단하며, 사마중경이 일 보도 앞으로 나오지 못하게 만들었다.

이런 공방은 벌써 수십 차례나 일어났다.

두 사람 중 누구도 승기를 잡지 못했고 물러서지도 않았다.

"이제 끝을 내야겠지?"

청죽림주가 먼저 손을 거두며 입을 열었다. 그의 입가엔 미소가 그려져 있었다. 피부는 어느새 죽은 사람의 그것처럼 회색빛으로 물들었고, 눈에는 사이한 기운이 일렁였다.

사마중경의 공격을 막는 동안 소흘지체로 변한 것이다.

후웅!

청죽림주의 손에 손바닥보다 약간 긴 검이 모습을 드러냈다. 진기로 만든 검, 무형검이었다.

사마중경은 무형검을 보자 고개를 절레절레 흔들었다. 무검유검(武劍有劍)의 경지에 오른 자가 검을 만들어냈다? 두 가지 중 한 가지였다. 유치한 짓거리를 하려는 것이거나 매우 위험한 수법을 펼치려는.

"뇌전창을 보고 싶은 모양이군. 보여주지."

사마중경은 양손을 반쯤 말아 쥐고 양옆으로 쭉 폈다. 그러자 청죽림주의 검처럼 빛으로 만들어진 창이 모습을 드러냈다.

기세에서 밀리면 안 된다. 상대보다 더 강하고 더 빠르게 움직여야 한다. 그래야 승기를 잡을 수 있었다.

슥.

먼저 움직인 쪽은 사마중경이었다.

사마화인을 구해내긴 했지만 아직 정신을 차리지 못하고 있었다. 한시라도 빨리 승부를 내고 치료해 주어야 했다.

꽈르르릉!

뇌전창이 천둥과 함께 사마중경의 손을 떠났다.

천둥소리가 요란하게 적총 정상을 울렸다.

청죽림주는 다가오는 뇌전창을 보며 웃었다.

'저 창에 손이 뚫렸단 말이지?'

천마를 떠올린 것이다.

사마중경의 뇌전창을 막아내면 굳이 천마의 무공을 궁금해할 필요가 없었다.

청죽림주는 양손을 폈다. 하나였던 검이 두 개로 늘어나더니 그의 손바닥에서 회전을 일으켰다.

쾅!

청죽림주의 신형이 뒤로 밀려났다.

입가의 웃음은 여전했다.

뇌전창이 그의 손에서 회전하던 무형검을 뚫지 못했기 때문이다.

"더!"

사마중경은 청죽림주의 웃음을 보자 피가 끓으며 뇌전창을 연속해서 던졌다.

쾅! 쾅!

청죽림주는 연신 밀리면서도 웃음을 거두지 않았다.

그의 손에서 회전하고 있는 무형검이 방패가 되어 뇌전창을 완전히 봉쇄한 것이다.

"뇌룡구천 창해(槍海)."

사마중경의 입에서 묘한 말이 흘러나왔다.

"창해?"

"하늘은 무한이다. 뇌정의 힘은 무한을 채우고……."

꽈르르릉!

사마중경의 말이 끝나기도 전에 천둥소리가 장내를 압도했다.

"그 힘은… 하나로 모인다."

츠르르.

사마중경의 안색은 이미 창백해져 있었다.

청죽림주를 죽이기 위해 처음부터 무리한 것이 서서히 한계로 다가오고 있다는 징조였다.

'뇌룡구천을 사용하면 어떻게 되겠지만 그랬다가는 화인이나 나나 이 자리를 못 벗어난다.'

뇌룡아를 연속으로 펼쳐 마치 창의 바다처럼 만드는 수법이 창해였다. 사마화인을 데리고 벗어나기 위해선 그 수밖에 없었다.

사마중경의 단전으로부터 막대한 진기가 양손으로 밀려 나갔고, 이내 하늘엔 수십 개의 뇌전창이 명령을 기다리며 아래쪽을 노려봤다.

"강기가 비처럼 쏟아지려나?"

청죽림주는 창해의 의미를 알고 나자 자신의 손바닥보다 약간 긴 무형검을 내려다봤다.

"이 검은 말이지, 아주 유용하다네."

스스슷.

무형검이 점점 커져 청죽림주의 팔뚝 정도가 됐다. 그리고는 역시나 회전을 시작했다.

"창해는 그 어떤 것으로도 막을 수 없다."

창해는 사마중경의 심득이 담긴 무공이었다. 하늘에서 떨어지는 뇌전들을 보며 만들었다.

수십 개의 뇌전창은 사마중경의 말이 끝나는 동시에 일제히 떨어져 내렸다.

청죽림주는 팔뚝만큼 자라난 무형검이 회전하며 만들어내는 원을 상하로 나누어 몸을 가렸다.

순간, 사마중경의 뇌전창이 청죽림주의 방패로 떨어졌다.

쾅!

하나가 먼저 떨어졌고, 이어서 뇌전창이 청죽림주의 모습을 가릴 정도로 떨어져 내렸다.

청죽림주는 들썩거리는 어깨를 진정시키며 떨어지는 뇌전창의 모습을 바라봤다.

무형검으로 만든 방패에 부딪쳐 만들어내는 빛의 향연은 가히 환상적인 아름다움을 만들어냈다. 물론 주위에 있던 자들은 아래쪽으로 몸을 피한 후였다.

초절정고수 둘의 경합은 적총의 정상을 두부처럼 만들며 일대를 휩쓸어갔다.

잠시 후, 부서진 바위 조각과 아무렇게나 그어진 굵은 선들이 가득한 적총 정상에 한 사람만이 홀로 남았다.

"후후후."

나직한 조소가 울리고 서서히 숨어 있던 자들이 모습을 드러냈다.

"사마중경은……."

요요가 입가에 피를 흘리는 청죽림주의 곁으로 다가갔다.

"내가 이 정도라면 놈은 어찌 됐겠느냐?"

청죽림주의 반문에 요요는 입을 다문 채 다음 말을 기다렸다.

"제 아들을 데리고 필사적으로 도망치더구나. 파! 하하하!"

"흑!"

청죽림주의 사자후가 터지자 요요는 급히 귀를 막으며 뒤로 물러섰다.

"사마중경… 네놈은 그 정도였던 게다. 곧 네 목숨을 가지러 가마."

"아!"

청죽림주의 말이 무슨 뜻인지 깨달은 요요의 입에서 탄성이 흘러나왔다.

누가 이겼는지 확연해진 것이다.

"돌아가자꾸나, 요요야."

청죽림주의 말이 끝났음에도 요요는 멍한 눈으로 자리를 지켰다.

"왜 사마중경을 살려줬는지 궁금한 게냐?"

"……."

"삼천좌 중 죽좌가 여의단주를 꺾었다는 소문이 퍼지면 어찌 되겠느냐? 강호 인심이란 것은 매우 얕아서 강한 자를 따르게 마련이다. 이래도 모르겠느냐?"

"아량… 이신 건가요?"

"아량? 후후후. 그렇지. 죽좌가 여의단주에게 아량을 베푼 것이다. 그것도 아들까지 살려주면서 말이야. 파하하하!"

또다시 적총 정상에는 청죽림주의 웃음소리로 가득해졌다.

"큭!"

사마중경은 옆구리에 사마화인을 낀 채 전속력으로 신법을 펼치고 있었다.

내상을 입기는 했으나 그것은 의도된 것이기에 문제될 것은 없었다. 마지막 순간에 창해를 펼치고 나자마자 진기를 끊어냈다. 그래야 사마화인을 데리고 벗어날 수 있기 때문이다.

사마중경의 전신에서 살기가 줄기줄기 쏟아졌다.

사마화인 때문이라고는 해도 청죽림주의 강함은 인정할 수밖에 없었다.

청죽림주는 마치 사마중경의 창해를 비웃기라도 하듯이 겨우 방패 두 개만으로 막아냈다. 물론 청죽림주 역시 사마중경을 어쩔 수 없기 때문이었을 것이다.

사마중경이 아무리 공격을 가해도 청죽림주가 모두 막아낸다면 싸움은 무의미했다. 끝나지 않을 싸움보다는 사마화인을 살리는 쪽이 나았다.

사마중경은 옆구리에 낀 사마화인을 내려다봤다.

흡정마검에 당한 이상 한동안은 움직이기도 힘들 것이다.

"화인아……."

청죽림주 앞이라 내색을 안 했을 뿐이지 사마화인의 부상이 그 무엇보다 신경 쓰였다.

"미안하오."

사마중경은 하늘을 올려다보았다.

첫 부인은 지금의 상황을 이해해 줄 것이다.

보이지 않을 때는 어떻게 싸워야 할지 몰랐으나 이제는 아니었다. 청죽림주가 모습을 드러낸 이상 죽게 될 것이다.

"그때는 뇌룡구천을 모두 펼쳐 네놈을 철저하게 짓밟아주마."

으드득!

당장에라도 달려가고 싶지만 참아야 했다.

창해를 사용한 이상 다음에는 뇌룡구천, 뇌룡아를 아홉 개
까지 동시에 펼치는 초식을 쓸 것이다. 아홉 개의 뇌룡이 모여
만드는 거대한 백색뇌전, 백뇌(白雷)를.

第八章
몸은 한 번 지나간 것을
잊지 않는다

천상마제

인생에 있어서 기회란 많지 않은 법이다.

물론 누군가는 사방에 널려 있는 기회를 입맛에 맞춰 건져 오기만 하면 되지만, 대부분의 사람들에겐 특별한 어떤 한순간이 필요했다.

지금 그 특별한 순간을 보낸 한 사람이 심각하게 고민하고 있었다. 용약으로부터 받은 힘은 금지된 무공을 익힌 자들을 너무도 쉽게 해치우게 해주었다.

스억!

예닐곱 명의 몸을 가른 뒤 허공에 멈춘 검에서 빛이 흘러나왔다.

"몸은 한 번 지나간 것을 잊지 않는다."

황무는 자신을 우상처럼 바라보는 치명과 고연을 향해 입을 열었다.

강서성 끝자락에 위치한, 그리 높지 않은 산세 때문에 사람들의 출입이 잦은 곳인 태고봉은 달빛을 받아 고고한 자태를 뽐냈다.

널브러진 시체들은 바닥에 누웠고, 유일하게 서 있는 세 사람을 달빛이 감쌌다.

"머, 멋진 말이다!"

"역시!"

치명과 고연은 엄지손가락을 치켜들며 환호했으나 황무의 안색은 어둡기만 했다.

"그동안 자네와 지내면서 봐왔지만 선무십팔로가 그토록 멋진 무공일 줄 몰랐네."

"몸은 한 번 지나간 것을 잊지 않는다. 캬하! 황무록에 올라야 할 명언이네!"

"정말 좋은 말이군. 나중에 여자들 꼬실 때 한번 써먹으면 좋겠는데?"

치명이 감탄하는 수준에 머물렀다면 고연은 한술 더 떠 찬양까지 올라갔다.

금지된 무공을 익힌 자들을 일 검에 베어 넘기는 황무는 이미 두 사람에겐 친구 이상의 의미를 가지고 있었다.

"쓸데없는 소리. 그 말은… 그분께서 하신 말씀이다."

"그분?"

“그래, 그분. 내게 새로운 사명을 주신 분.”

“…….”

치명과 고연은 멍한 눈으로 황무를 바라봤다.

황무는 ‘그분’이 누군지 한 번도 말해주지 않았다.

“황무, 도대체 그분이 누군가? 공문장을 다녀온 뒤로 그분에 대한 얘기를 입에 달고 살잖은가?”

치명은 시체들이 쌓인 한쪽에 앉아 머리칼을 쓸어 넘기며 입을 열었다. 오늘은 그분에 대한 얘기를 듣기로 작정했는지 고연까지 손짓으로 불러 옆에 앉혔다.

“그분은…….”

황무는 달빛을 바라보며 회상에 잠겼다.

불과 몇 달도 안 된 시간이었으나 백마신교를 벌하고 형산에서 엄청난 싸움을 승리한, 황무에게만큼은 무신과 동급인 한 사람.

천마 용악.

황무는 용악의 부름을 기다렸다.

용악은 손수 황무를 위험에서 구해주었을 뿐만 아니라 공문장의 기보인 흑포까지 얻게 해주었다.

“이젠 나도 그분의 옆에 설 자신이 있다.”

황무가 이를 악물며 말했다.

“아, 그러니까, 그분이 누구냐고!”

치명이 벌떡 일어나며 외쳤다.

“천마!”

“…뭐?”

“천마. 그분을 사람들은 천마라고 부른다.”

“처, 천마⋯⋯.”

치명은 전혀 예상치 못한 대답에 할 말을 잃고 말았다. 치명이 예상한 사람은 용악이었다. 천마가 아닌 용악.

“너희들도 봤잖아. 하찮은 존재인 나를⋯ 그분께서 내 몸을⋯ 그 뒤로 나는 달라졌다.”

“모, 몸을?”

치명과 고연이 휘둥그레진 서로의 눈을 마주 보며 입맛을 다셨다.

“그날 이후 나는 달라졌다. 치명, 고연, 나는 이 길로 가겠다.”

“어, 어딜?”

“그분께 내 몸을 바칠 거다.”

“⋯⋯.”

점점 미궁으로 빠져드는 황무의 대답에 두 사람은 하고 싶은 말도 못하고 어쩔 줄을 몰라 했다. 마음으로는 황무와 함께 가겠다고 외치고 싶었다.

‘같이 가자고 했다가 우리도 몸을 바쳐야 할지도 모르는⋯ 그, 그건⋯⋯.’

치명과 고연은 무척 심각했다.

황무와 함께하기엔 여러 가지 문제가 걸리는 것이다.

“황무, 우린⋯⋯.”

“난 가겠네! 황무 자네처럼은 못하겠지만 나는 자네와 함께 하겠네!”

고연이 먼저 치고 나왔다.

“나, 나도 간다!”

치명이 일그러진 얼굴로 손아귀에 힘을 주었다.

“너희들…….”

황무는 감동받은 눈으로 두 사람을 바라봤다.

강호에 나와 사귄 친구들이지만 그 어떤 사람들보다 소중했다. 이런 친구들이 함께해 준다면 용악을 찾아가는 길이 좀 더 당당해질 수 있을 것 같았다.

“역시!”

많은 말이 필요없었다.

막 황무가 손을 내밀었고, 치명과 고윤이 황무의 손등에 손을 얹었을 때였다.

콰콰쾅!

세 사람은 화들짝 놀라 자세를 잡았다.

거대한 굉음과 함께 태고봉 전체가 흔들리며 요동을 쳤다. 소리 때문에 그런 느낌이 든 것이 아니라 실제로 진동이 느껴진 것이다.

세 사람의 눈이 마주쳤다.

가보려는 눈빛의 황무를 치명과 고연이 말리는 눈으로 쳐다봤다. 그래도 안 될 것 같았는지 고개까지 저었다.

“가…….”

"황무! 자네가 갈 곳은 저기가 아니라 혈교야, 혈교! 섣부른
결정은 하지 말……."

치명이 황무의 말을 자르며 만류하려 했으나 황무는 피식
웃으며 하늘을 올려다봤다.

'천마가 저렇게 하는 걸 봤군.'

고연이 고개를 절레절레 흔들며 치명의 등을 두드리며 위로
했다. 황무는 이미 태고봉으로 오르길 결심한 것이다.

"쉿."

선두에서 태고봉 정상으로 올라가던 황무가 갑자기 멈춰 서
며 몸을 나무 뒤로 숨겼다.

치명과 고연은 한마디 반문도 하지 않고 황무를 따라 몸을
숨겼다. 황무가 몸을 숨길 정도면 두 사람은 숨도 쉬지 않고
따라야 했다.

"여기서 꼼짝도 하지 말고 있어. 저 앞쪽이 심상치 않아. 좀
더 다가갔다가는 꼼짝없이 들키고 말 것 같다."

"그런 곳을 뭐 하러 가려고?"

치명이 의아한 눈으로 반문했다.

"나는… 너희들과 다르잖아."

"……!"

치명과 고연은 황무의 말이 맞는 것을 알면서도 자존심이
상하는지 인상을 썼다.

"이곳에서 내가 돌아올 때까지 꼼짝하지 말고 있어. 고수가

한둘이 아니야."

"그러니까 왜 그런 곳을 가려는 거냐고? 돌아가자, 황무. 이
대로 떠나면……."

"천마께 부끄러워서 그런 짓은 못해."

황무가 진지한 얼굴로 그렇게까지 말하는데 두 사람은 더
말릴 명분이 없었다.

"그래, 가라, 가."

치명이 포기하며 가라는 손짓을 했다. 그리고는 고연과 함
께 나무 뒤로 숨은 채 돌아보지도 않았다.

*　　　*　　　*

쾅!

육중한 폭음이 폭풍을 동반하며 주위를 휩쓸었다.

폭음을 만들어낸 것은 거대한 용의 형상처럼 생긴 두 개의
형상화된 힘이었다. 두 마리 용은 꿈틀거리며 태고봉 정상을
이리저리 부수고 있었다.

"권왕, 또 늘었구려."

사람 좋은 인상의 지심대인이 고개를 절레절레 흔들며 위풍
당당하게 선 노인에게 먼저 입을 열었다.

"그런 말 마시오. 당신의 유리붕권은 이번에도 내 주먹을 부
끄럽게 만들었소."

"이번이 세 번째요. 역시나 같은 조건이면 어떨까 싶구려."

"당신을 이기지도 못하면서 강호엔 나가본들 무엇 하겠소. 찬성하오."

하얗고 긴 수염을 목젖까지 기른 노인, 권왕은 혁혁한 안광을 빛내며 고개를 끄덕였다.

두 사람의 인연은 삼십 년 전으로 거슬러 올라간다.

당시 지심대인은 삼왕 중 누구라도 이길 자신이 있었다. 소흘지체로 화한 그를 상대할 자는 같은 소흘지체인 청죽림주와 천불노인 외엔 없다고 생각한 까닭이다.

그러나 현실은 그의 생각과 달랐다.

초절정 초입에 오른 그의 유리붕권은 권왕의 일권에 부서져 버리고 말았다. 권왕의 이동 경로를 추적해 일부러 마주쳤다.

권왕은 지심대인이 사용하는 권이 유리붕권임을 한눈에 알고서 곧장 달려들었고, 유리붕권과 종횡무적권의 대결이 시작됐다.

언제든 천좌가 천산에서 넘어오면 종횡무적권으로 응징하겠다는 생각으로 가득했던 권왕에게 지심대인의 유리붕권은 충격이었다.

삼 일 밤낮을 싸워도 지심대인을 이기지 못했다.

두 사람은 지쳐서 말도 제대로 하지 못할 상황까지 가서야 합의점에 이르렀다.

―십 년 뒤에 보자. 그때 승부를 가리고 그전에는 강호에 모습을 드러내선 안 된다!

두 사람이 합의한 내용이었다.

권왕은 십 년 동안 지심대인의 유리붕권을 부수기 위해 절치부심했다. 하나 십 년 뒤에 만난 두 사람은 또다시 무승부로 헤어지고 말았다.

이번이 세 번째, 삼십 년의 만남이었다. 물론 그동안 두 사람은 강호에 모습을 드러내지 않았다. 지심대인 역시 몇 가지 일에는 간섭했지만 직접 나선 적은 없었다.

두 사람은 서로를 마주 보며 지난 삼십 년의 세월을 떠올렸다. 이번에도 승부를 내지 못하면 두 사람은 십 년 후에 다시 보든지 아니면 다른 합의점을 찾아야 했다.

"오늘은 끝을 봅시다, 권왕."

"그렇게 하려고 왔잖소."

두 사람의 시선이 부딪치며 불꽃이 일었다.

"오늘은 형(形)을 바꿨소. 원래의 유리붕권에 다른 것을 가미했다고 해야 할까?"

"마음대로. 내 종횡무적권 역시 그동안 멈춰 있기만 하진 않았소. 붕천지(崩天地). 이름이 그럴듯하지 않소? 예전에 사용하던 천지종횡이 산만한 것 같아 모아봤소."

권왕은 붕천지에 대해 말하면서 무척 자랑스럽다는 눈이 됐다. 그도 그럴 것이, 지난 십 년 동안 잡힐 듯 안 잡히던 심득을 얼마 전에 얻은 까닭이다.

'붕천지? 그 와중에 심득을 얻었단 말인가?

지심대인은 진심으로 감탄하는 눈이 됐다.

"모두 당신 덕분이라 생각하오."

"권왕, 기꺼이 받아보리다. 나 또한 그동안 놀고만 있지는 않았으니 좋은 승부가 될 것이라 확신하오."

이전에는 지심대인의 소흘지체도 한 가지 외엔 없었지만 지금은 달랐다. 적어도 단단하기만 한 것은 아니었다.

권왕의 전신에서 기세가 뿜어져 나오는 것과 동시에 지심대인의 몸에서 기묘한 소리가 연속해서 일어났다.

뚝― 두둑―

몸에 있는 모든 관절이 부러지는 소리였다.

"소흘지체라 부르오. 어디 붕천지로 내 소흘지체를 뚫을 수 있는지 봅시다."

황무는 멀리서 두 사람의 싸움을 지켜보는데 몸이 떨렸다. 그만큼 두 사람이 뿜어내는 기운은 상상을 초월할 정도로 엄청났다.

'대단한 고수들이다.'

넓디넓은 태고봉 정상에 단 두 사람이 서 있을 뿐인데도 그곳이 좁아 보일 정도였다.

'저렇게 대단한 사람들이 왜 부하를… 음?'

태고봉 주위를 빙 둘러선 자들이 두 패라고 생각했던 황무의 생각이 그들의 복장을 보는 순간 확 바뀌어 버렸다.

그들이 입은 옷은 통일된 색은 아니었으나 그들의 시선은 오직 한 사람에게 닿아 있었다. 사람 좋게 보이는 인상을 가진 노인에게.

황무는 왜 그런 생각이 들었는지 몰랐다.

태고봉을 두르고 있는 자들이 사람 좋게 생긴 노인의 명령이 떨어지기만 하면 반대편에 선 노인을 향해 일제히 달려들 것이라는.

강직한 인상의 노인은 목젖까지 기른 흰 수염이 바람에 휘날리도록 내버려 둔 채 아무 생각이 없어 보였다.

'저건 옳지 않다.'

황무는 흑포를 여미며 강직한 인상의 노인을 돕기로 결심했다.

지심대인의 장점 중 하나는 십천좌의 열 가지 무공 중 한두 가지를 섞어서 사용할 수 있다는 것이다.

지금도 유리붕권을 펼치는 동시엔 왼손으로 준비하고 있던 소수무를 끼워 넣었다.

화아— 파홧!

'소리가 다르다. 하나가 아니라는 뜻!'

권왕은 지심대인이 초식에 암수를 넣었다는 것을 알면서도 처음에 펼치기로 마음먹은 붕천지를 일으켰다.

천지를 붕괴시킬 위력을 가지고 있다고 해서 붙인 이름이다. 평소 권왕의 권은 예측불허하다고 해서 종횡무적이었다.

그것이 지금 진화했다.

예측할 수 있다고 해도 막을 수 없는 강력한 힘을 쓸 생각이
기 때문이다.

쾅!

거친 폭음이 터졌고, 권왕의 붕천지와 부딪친 유리붕권이
산산조각 났다. 하나 지심대인은 유리붕권에 소소무를 넣은
상태라 여전히 경기는 권왕을 향해 날아갔다.

스스스.

권왕의 자세가 달라졌다.

양 주먹을 쥔 채로 무거운 물건을 옮기는 자세가 됐다. 그러
자 유리붕권을 부순 붕천지가 고스란히 앞으로 당겨오며 소소
무를 막아섰다.

“좀 더 시간이 있다면 좋았을 것을.”

“……!”

권왕은 머리 위쪽에서 살기를 느끼며 손을 거두려 했으나
작정하고 손을 쓴 지심대인보다 빠르진 못했다.

쾅!

“흡!”

권왕의 입에서 당혹스런 외침이 터졌다.

지심대인이 위에서 쏘아낸 것을 맨주먹으로 받아낸 탓이다.

피식.

권왕은 피 흐르는 한쪽 주먹을 쥔 채 웃었다.

‘……?’

재차 공격을 들어가야 하는 지심대인은 그 짧은 순간 멈칫

했다. 그것이 실수였다.

쾅!

지심대인의 옆구리에 엄청난 충격이 가해졌다.

"붕천지는 자체만으로도 상당한 위력을 지니지만 그보다는 언제든 내 마음대로 방향을 조절할 수 있다는 장점을 가지고 있지."

허공에 떠 있던 지심대인은 바닥으로 내려서며 격하게 기침을 토해냈다. 소흘지체로 화한 그의 몸이 붕천지와 부딪치자 내부가 흔들리고 말았다.

지심대인은 권왕을 노려보다 눈을 감았다.

"쳐라."

차마 하기 싫은 말이었다.

몇 합만 더 싸우면 굳이 좌위들을 끌어들일 이유가 없었다. 제아무리 강한 위력을 가진 붕천지라고 해도 단룡창, 운외반간 등의 비기를 중첩해서 사용하면 몇십 초 안에는 진기가 고갈되고 말 것을 아는 까닭이다.

승부를 내겠다는 욕심과 권왕을 처리하겠다는 결정 사이에서 결국은 후자를 선택했다.

"권왕, 십 년 동안 제자리였어도 이런 결정은 내리지 않았을 거요. 강호에 나가는 사람은 나 혼자가 될 것 같구려."

"역시나 본성은 못 버리는 건가?"

권왕은 지심대인의 말에 조금도 흔들리지 않았다. 오히려 지심대인을 딱한 눈으로 보다가 손을 휘저었다.

아직 거둬지지 않은 붕천지가 달려드는 좌위들을 허공에서 휩쓸어 버렸다.

고오오!

"어림없다!"

지심대인은 옆구리에 한 손을 댄 채로 다른 한 손을 휘저었다.

쾅!

유리붕권에 소수무를 심을 때와는 비교도 할 수 없는 강력한 힘이 붕천지를 주춤하게 만들었다.

쿠왕!

그 짧은 시간이면 좌위들이 폭렬공을 시전하기엔 충분한 시간이었다.

비산하는 좌위들의 몸이 권왕의 호신강기에 가로막혔다. 붕천지를 거둔 권왕은 신형을 옆으로 이동시키며 연속으로 주먹을 뻗었다.

퍽! 퍽! 퍼버벅!

터져 나가는 좌위들의 몸이 바닥으로 후드득 떨어져 내렸다. 허공에는 어느새 붉은 안개가 가득했다. 좌위들의 몸에서 빠져나온 피였다.

"음?"

한참 주먹을 날리던 권왕이 이채를 발하며 한쪽을 쳐다봤다.

"으아아아!"

좌위들 사이를 종횡무진하는 청년 한 명이 소리를 지르며
마구 검을 휘둘렀다.

쾅!

좌위 한 명의 몸이 폭발했다.

청년은 재빨리 흑포로 몸을 감싸더니 이내 다시 검을 휘둘
렀다.

권왕은 자신을 돕기 위해 청년이 위험을 무릅쓰고 나섰다는
것은 알았으나, 청년의 등장으로 그의 운신의 폭은 좁아지고
말았다.

모른 척 좌위들을 떨치면 되겠지만 그것은 권왕의 자존심
상 허락하질 않았다.

쉭.

자리에서 사라진 권왕은 청년의 허리를 잡아당기는 시늉을
하고는 태고봉 아래로 몸을 떨어뜨렸다.

"약속을 파기한 대가는 곧 치르게 될 것이다."

권왕은 떨어졌으나 태고봉 정상에는 권왕의 목소리로 가득
했다.

"이런……."

지심대인은 권왕이 떨어진 곳으로 몸을 날리다 허공에서 멈
춰 섰다.

"따라가긴 늦었다."

권왕이 좌위들에게 손을 쓰는 것이야 충분히 예상한 문제였
다. 붕천지로 힘을 소진시키면 결국 지심대인에게 한 번의 기

회는 올 것이고, 그때가 되면 태고봉을 내려가는 사람은 지심대인 혼자임을 확신했다.

"저 애송이가 누구냐!"

지심대인이 뒤를 돌아보며 소리쳤다.

"그 공간을 감히 뛰어들 거란 생각을 못했습니다."

지심대인의 그림자 영령이 모습을 드러내며 황급히 고개를 숙였다.

"그 애송이 하나 때문에 삼십 년 공이 수포로 돌아갔다. 권왕… 운 좋은 늙은이……."

일은 이미 벌어졌고, 쫓아가기엔 늦었다. 아니, 쫓아간다고 해도 기운을 되찾은 권왕의 권을 좌위들이 막아낼 리 만무했다.

"왜 그랬느냐?"

권왕은 황무를 신기한 눈으로 바라봤다.

아무리 좋게 봐도 절정이나 그 언저리에 도달한 녀석이었다. 고작 그 정도 실력으로 좌위들을 종횡무진 베어냈다.

"무슨 말씀이신지……."

황무는 권왕이 던진 질문을 잘 이해하지 못했다.

"나는 오늘을 십 년 동안이나 기다려 왔다. 그런 기회를 네가 나타나는 바람에 망치고 말았다."

"마, 말도 안 됩니다! 저는 그 노인이 싸우다 말고 부하들에게 공격하라는 명령을 내리는 걸 보고 나선 것뿐입니다."

“그러게 왜 그랬느냔 말이다.”

“지, 지금 말씀드렸잖습니까? 예전이야 힘이 없으니 불의를 보고 잘 참았으나 이젠 그렇게 하지 않습니다.”

“지금은 힘이 있다는 말이냐?”

“…적어도 예전에 비해서는…….”

“놈과는 세 번 만났다.”

‘놈? 그 노인을 말하는 건가? 내 얘기를 듣는 것 아니었나?’

황무는 권왕이 갑자기 화제를 돌리자 눈을 납작하게 만들며 맥 빠진 얼굴을 했다.

“십 년에 한 번. 오늘이 세 번째다. 오늘은 끝을 보려 했다. 붕천지면 될 줄 알았건만…….”

권왕이 말을 흘리며 황무를 쳐다봤다. 마치 황무 때문에 끝을 보지 못했다는 암시를 하듯이 보였다.

“혹시 저 때문에…….”

“무인은 멈춰 있으면 안 된다. 흐르고 오르고 뻗어나가야 하지. 그래서 그자를 꺾었어야 했다. 아니, 그럴 수 있었다.”

‘에이…….’

황무는 권왕의 확신에 찬 말을 부정했다. 물론 드러낼 수는 없기에 속으로 고개를 힘차게 저었다.

황무가 나선 이유는 간단했다. 황무의 눈에 권왕이 위험해 보였고, 도와줘야 했기 때문이다.

“권으로 천지를 무너뜨리는 것을 생각해 본 적이 있느냐?”

“…….”

"최근에 얻은 심득인 붕천지는 그것을 가능하게 해주었다."

권왕은 근엄한 표정으로 수염을 쓰다듬으며 황무의 반응을 기대하는 듯 말을 멈추었다.

"그… 그자의 옆구리를 때렸던 그 무공이……."

"붕천지다! 봤구나!"

권왕은 황무의 반응에 무척이나 흡족한지 설명이라도 바라는 사람처럼 눈을 빛냈다.

"봐, 봤지요. 그자의 옆구리가 이렇게… 훅 들어가는 것을 보고 안심했으니까요."

"안심?"

"언제든 어르신께서 약한 모습을 보이면 달려들 준비를 하고 있는 이리들이 아래쪽에 쫙 깔려 있었거든요. 당연히 어르신께서 그자에게 한 방 먹이니 얼마나 안심이… 되던지……."

황무는 말을 하면서 권왕의 표정이 굳어지는 것을 보고 뭔가 잘못돼 가고 있음을 깨달았다. 하나 이미 입으로 나온 말을 주워 담을 수는 없었기에 일단 마무리까지는 끝냈다.

"너는 호랑이가 이리 떼를 겁내는 걸 봤느냐?"

"물론 못 봤습니다."

"그렇다. 호랑이는 이리 따위가 아무리 많아도 두려워하지 않는다. 알겠느냐?"

"…예."

권왕은 황무의 대답을 듣고서야 노한 표정을 풀었다.

"네가 끼어든 탓에 그자와의 승부는 며칠 미루어졌다. 그 혹포… 좋더구나."

"……."

황무는 권왕의 시선이 닿자 대답 대신 슬그머니 흑포를 안으로 여몄다.

"사문은 어디냐? 네 나이에 그 정도 성장을 이루었다면 필시 명문일 테지?"

"가, 감사합니다."

"칭찬을 하는 것이 아니다. 사문이 어디냐?"

"사문이라 불릴 만한 곳은 없습니다. 가전으로 내려온… 아, 제 이름은 황무입니다. 무로 대성하라 지어주신 이름이지요."

"황?"

"잘 모르실 겁니다. 제가 이렇게 손발이라도 놀리게 된 것은 가전 무공 때문이 아니라 은인 덕분이니까요."

"은인?"

권왕은 황무가 가전 무공을 익혔다는 말을 들을 때는 입가에 미소를 지었다가 '한 분'이란 말이 나오자 표정이 다시 굳었다.

"예. 제게 새로운 인생을 살게 해준 분이거든요."

"흐음, 새로운 인생이라, 궁금하구나."

권왕이 관심을 보이자 황무는 용악을 만났을 때의 이야기를 시작했다.

백마신교를 응징하기 위해 정파의 청년무인들이 모인 곳에 웬 청년이 있었는데, 보통 청년이 아님을 알고서 말을 걸었다가 무공을 전혀 모르는 줄 알고 실망했다는 얘기부터, 백마신교의 고수와 싸울 때 황무의 몸을 마음대로 움직여 상대하게했다는 얘기까지.

"'몸은 한 번 지나간 것을 잊지 않는다', 그분의 명언이죠."

황무는 당시의 기억이 떠오르자 흥분을 감추지 못하고 들떴다.

"…지나간 것을 잊지 않는다."

권왕은 황무의 말을 따라서 중얼거렸다.

대수롭지 않은 말인 것 같지만 당시의 상황을 생각하면 무척 흥미로운 말이 아닐 수 없었다.

"그가 네 몸에 무언가를 심었구나. 그렇지?"

"어, 어떻게 그것을 아십니까?"

황무는 깜짝 놀라 되물었다. 아직 하지도 않은 말을 권왕이먼저 꺼내니 당연히 놀랄 수밖에 없었다.

"그가 청년이라고 하지 않았느냐?"

"맞습니다. 그분은 청년이었습니다."

황당한 대답이 황무의 입에서 흘러나왔다.

청년이라면 황무와 비슷한 나이란 뜻인데, 그분은 뭐고 저극존칭은 뭐란 말인가?

권왕은 어이없는 대답에 혀를 찼다.

"그가 누구냐? 그 정도로 진기를 자유자재로 사용하는 정파의 인물이라면 흔치 않은데……."

“정파? 제가 그분이 정파라고 말씀드린 적은 없습니다만?”

“정파가 아니라고?”

“그분은 천마십니다.”

“천마!”

권왕은 황무의 대답에 자신도 모르게 고함을 쳤다.

이를 어찌나 세게 물었는지 턱 근육이 밖으로 빠져나올 것처럼 불끈거렸다.

“저… 어르신의 존성대명을 여쭤봐도 되겠습니까?”

권왕은 황무의 질문에 잠시 침묵했다.

“난, 서봉달이다.”

“아… 서… 그러시군요.”

황무는 하마터면 웃음을 터뜨릴 뻔했으나 권왕의 표정을 보는 순간 안으로 쏙 들어가 버리고 말았다.

“내 이름을 듣고도 내가 누군지 모르겠느냐?”

“……?”

“허… 세월이 정말 많이 흘렀구나.”

“별호라도…….”

“권왕이라고는 들어봤느냐?”

“궈, 권왕… 권왕! 삼왕 중 그 권왕 말씀이십니까?”

황무가 화들짝 놀라 말까지 더듬었다.

그 표정이 조금은 위안이 됐는지 권왕의 입가에 슬며시 웃음이 걸렸다.

‘이 녀석과 얘기를 하다 보니 나도 참 말이 많아졌군. 사람이 그리웠던 건가? 그나저나 천마라……. 사라진 혈교가 다시 부활했나? 이런 착한 녀석에게 천마라니 안타깝구나.'

권왕은 표현을 하진 않았으나 황무가 마음에 들었다.

좌위들을 베어 넘기는 무공에 군더더기가 없는 것도 그렇지만, 정파의 기개를 실천하는 젊은이라 여긴 까닭이다.

그런 젊은이가 천마를 영웅시 여기고 있다.

삼십 년 전에는 있을 수도 없는 일이다. 아니, 권왕이라 불리는 그 마지막 순간까지도 있어서는 안 되는 일이었다.

"가자."

"아직 적들이 밖에……."

"지금 그것이 문제더냐?"

"예? 그럼 뭐가 문제죠?"

"네가 천마를 그분이라고 부르는 것이 문제다."

"예?"

"천마는 사파의 수장이다. 혈교가 사라져 그나마 강호에 안정이 찾아왔는데 어찌 이런 일이……. 앞장서라. 내가 천마를 잠재울 것이다."

"……."

황무는 권왕의 분노 가득한 말에 할 말을 잃고 말았다. 권왕은 지금 강호가 어떻게 돌아가는지 전혀 모르고 있었다.

"뭘 하는 게냐, 당장 앞장서지 않고?"

"권왕 어르신, 잠시 진정하시고 제 말을 들어보시지요."

"가는 길에 천마가 네 몸에 심었다는 것도 다 빼내어줄 게야. 그런 사파의 몹쓸 기운 따위는 지니고 있을 가치도 없다.”

권왕은 황무를 딱한 눈으로 쳐다봤다. 이 순간만큼은 천마에게 이용당한 순진한 청년으로밖에 안 보이는 것이다.

‘이분… 정말 아무것도 모르고 계시는구나.’

황무는 권왕이 용악을 적으로 단정 짓는 것을 보고 머리에 쥐가 나는 것 같았다. 괜한 말을 해서 용악에게 피해라도 가게 되면 큰일이 아닐 수 없었다.

“권왕께선 마지막으로 강호 출입을 하신 적이 언제십니까?”

“고연! 지금까지 내 얘기를 들은 게냐? 삼십 년 동안 강호엔 나가지 않았다고 말하지 않았느냐?”

“그동안 강호는 많이 변했습니다. 요즘은 금지된 무공을 익힌 자들을 쉽게 볼 수 있습니다.”

“금지된 무공?”

“유리붕권, 운외반간… 제가 직접 본 것만 해도 네 가지는 됩니다.”

“뭐라!”

권왕의 목소리는 마치 천둥이라도 치는 것처럼 황무의 귀를 거대하게 울려댔다.

“권왕 어르신께서 상대하신 자 역시 금지된 무공을 익히고 있을 겁니다.”

“……”

“현 강호는 정파와 사파의 경계가 모호합니다. 물론 익힌

무공에 따라 경계를 두긴 하지만 정파든 사파든 그들, 금지
된 무공을 익힌 자들에게 유린되는 상황은 매한가지입니
다.”
“유린?”
“정파에서는 여의단과 정검련, 묵도가 그들과 싸우고 있고,
사파에선 천마께서 직접 그들을 상대하고 있습니다.”
꿈틀.
천마란 말이 나오자 또다시 권왕의 안색이 찌푸려졌다. 황
무는 잠시 멈칫했으나 이내 말을 이었다.
“그래서 저도 힘을 보태려 합니다.”
“천마를 따르겠다는 말이냐?”
“말씀드렸듯이 저를 지금의 저로 만들어준 분이 천마십니
다.”
“허!”
권왕은 황무를 보며 통탄이 섞인 장탄성을 터뜨렸다.
이런 식으로 말을 할 줄은 꿈에도 몰랐기 때문이다.
‘강호를 구하기 위해 천마를 따르겠다? 내 평생 이런 말을
들을 줄이야. 천마… 위험한 자다. 이 순진한 녀석을 어떻게
구워삶았기에… 두고 봐선 안 되겠다.’
황무의 눈에 뭔가 씌워진 것이다. 그렇지 않고서는 저런 말
이 나올 리가 없었다.
“가자.”
“예? 어디로 가자는 말씀이신지…….”

“어디긴, 천마를 만나러 가야지.”

“권왕 어르신, 말씀드렸잖습니까. 천마께선…….”

“잔말 말고 앞장서! 도대체 얼마나 대단한지 자인지 내가 직접 봐야겠다.”

권왕의 노여운 외침에 황무도 더 이상은 고집을 부릴 수가 없었다.

第九章
불편한 만남

천산마제

강호가 삼천좌의 등장으로 크게 술렁였다.

그들에 대한 소문은 어느 한곳에서 시작된 것이 아니라 우후죽순처럼 사방에서 일어났다.

삼천좌가 부리는 자들의 구조는, 삼천좌의 직속 부하인 비위들과 비위들의 밑에 존재하는 천지인급 좌위들로 구성되어 있었다.

그들의 잔인한 행보는 끝도 없이 일어났다.

그들은 정파든 사파든 가리지 않고 도륙했다.

사람들을 경악하게 만든 사건 중 하나는 그들에 의해 오악무제 중 둘이 죽은 것이다.

풍제와 부제.

거풍문의 문주인 풍제는 여의단 섬서 지부에서, 부제는 자신들의 영역인 강서성에서.

두 사람의 죽음으로 정파는 삼천좌를 공적으로 지명하고 전력을 다해 추살하란 명령을 내렸다. 하나 정파가 싫어한다고 해서 강호 전체가 그들을 싫어하진 않았다.

힘없고 거대 문파에 핍박받던 자들에게 그들은 희망이 됐다. 그들의 무공을 배우고 싶어했고, 그들과 함께 정파든 사파든 섬멸하고자 했다.

소문은 삽시간에 강호 전역으로 퍼져 나갔다.

그 소문 중 하나를 발에 묶은 전서구가 창공을 휘돌다 높게 솟은 칠층 전각 안으로 들어갔다.

전서구의 발에 묶인 정보를 빠르게 화선지에 옮긴 손의 주인은 이내 백색 전서구를 꺼내 들었다.

푸드득.

"또……."

전서구를 받아 든 자인건은 한숨부터 내쉬었다.

강서, 호남, 광서 등 일곱 개의 중소 문파가 삼천좌의 밑으로 들어갔다는 보고였다.

이제는 사마중경에게 보고하기도 두려웠다.

여의단 총단에 남은 인원은 이제 얼마 되지 않았다.

사마중경이 사마화인을 구하러 가기 전에 원로들을 모두 각지부에 보내놓은 까닭이다.

“안 그래도 풍제의 죽음이 여의단의 무능함 때문이라고 소문이 났는데 이 소식까지 들어가면 곤란하다.”

풍제를 죽인 자는 삼천좌 직속의 비위 중 둘이라고 했다. 풍제의 손자는 아직 찾지 못했으나 섬서 지부에서 죽지는 않은 걸로 보고됐다.

자인건은 쪽지를 들고서 내전으로 향했다.

내전 안에는 사마중경이 태사의에 몸을 파묻은 채 앉아 있었다.

“단주님, 보고드릴 일이 있습니다.”

“그자에 대해 알아냈는가?”

사마중경의 눈빛이 번쩍 빛을 뿜었다.

“다른 일 때문입니다.”

사마중경은 자인건의 보고에 인상을 찌푸리며 손을 내저었다. 알아서 하라는 뜻이었다. 이번까지 세 번 연속해서 자인건의 보고를 들으려고도 하지 않았다.

“이번 일은 정말 중요한 사안입니다.”

“알아서 해.”

“그들 삼천좌의 밑으로 들어가려는 문파가 점점 크게 늘고 있습니다. 이대로 두었다가는 그들의 무공이 금지됐다는 것도 모릅니다.”

“요점만.”

사마중경은 자인건의 보고를 듣는 것도 힘든지 빨리 말하고 가라는 투로 입을 열었다.

"현재 여의단의 힘만으로는 그들을 상대할 수 없습니다."

"말도 안 되는 소리!"

"비위 둘이 오악무제 중 한 명을 죽일 수 있습니다. 그들은 우리에 대해 모든 것을 알고 있는데 우리는 그들에 대해 아는 것이라고는 아무것도 없습니다."

"머리만 자르면 된다. 머리……."

사마중경의 눈빛이 날카롭게 빛을 뿜었다.

삼천좌 본인들에 대한 얘기만 나오면 보이는 반응이었다.

자인건은 사마중경의 심정을 누구보다 잘 알고 있었다. 아들을 사지에서 구해왔는데 구해낸 보람도 없이 사경을 헤매고 있었다.

정파 제일신의인 신수 고목단조차 사마화인의 상태를 보고 고개를 흔들었다. 겉은 멀쩡한데 속에서는 지금 전쟁을 벌이고 있다고 했다.

사마중경은 하루가 다르게 말라가는 아들을 보며 태사의에서 꼼짝도 하지 않았다.

사마화인까지 죽는다면 사마중경은 세상을 살아갈 이유가 사라진다. 그토록 정을 주지 않으려고 했건만 그것이 오히려 속정을 깊게 만들었던 모양이다.

"손님이 와 계시니 그 얘기는 나중에 따로 보고드리겠습니다."

"손님? 자 총관이 알아서……."

"총령의 상세를 보러 왔다고 합니다."

"화인이의? 의원인가?"

"어떻게 알고 왔는지 저를 먼저 찾았습니다."

"자 총관을?"

"서른 중반의 젊은이인데 의술에 상당한……."

"신수가 알아내지 못했어! 서른? 하! 돌려보내!"

"그가 치료한 사람 중에는……."

"돌려보내라고 한 말 못 들었나, 총관?"

사마중경의 눈빛에 살기가 감돌았다.

머리끝까지 화가 났음을 뜻했다. 하나 자인건은 사마중경의 심기를 건드릴 줄 알면서도 자리를 지켰다.

"천마를 치료한 적이 있다고 합니다."

"……!"

사마중경이 태사의에서 일어났다.

"지, 지금 뭐라고 했지?"

"천마를 치료한 적이 있다고 말씀드렸습니다."

"천마를?"

"일단 들이겠습니다. 직접 보시고도 마음에 들지 않는다면 그때 내보내도록 하겠습니다."

자인건은 보고를 마치고 곧장 돌아섰다.

"잠깐. 누가 보냈다고 했지?"

"천마 본인이 보냈다고 합니다."

"천마가?"

사마중경은 용악에 대한 인상이 나쁘지 않았다.

정파니 사파니 구별하지 않는다며 당당히 비무를 청하던 모습은 지금도 종종 떠올랐다.

잠시 후, 내전으로 한 사내가 들어왔다. 소매를 팔뚝까지 접어 올린 모습만 봐선 그리 특별해 보이지 않는 자였다.

사내는 내전으로 들어서마자 바닥에 누워 있는 사마화인에게 다가갔다.

"잠깐. 자네는 내가 누군지도 밝히지 않는 사람에게 아들을 맡길 것이라 여겼나?"

사마중경이 태사의에서 일어나 사내에게 다가갔다.

"진생이라고 합니다."

용악을 치료하고 용악에 이끌려 도왕의 제자인 임중걸까지 치료한 의원, 진생이었다.

"진생?"

"치료를 해도 되겠습니까?"

"뭐?"

사마중경은 질문을 못 들은 사람처럼 한쪽 귀를 진생 쪽으로 돌리며 되물었다.

"치료를 해도 되겠느냐고 물었습니다."

"자네는 지금 내 아들을 치료할 수 있다고 하는 건가?"

"일단은 살펴보도록 하겠습니다."

진생은 자신이 있는 곳이 여의단이란 사실을 모르는 사람처럼 자연스럽게 행동했다. 사마화인을 뒤집어놓고 등을 몇 번 두드리고는 다시 앞으로 되돌려 심장과 단전에 귀를 대고 한

참 있었다.

"역시… 이런 걸 어찌 알고서……."

"뭔가? 화인이의 상세가 뭔지 알아냈나?"

"알아냈습… 윽!"

사마중경은 자리에서 사라졌다가 진생의 양쪽 어깨를 잡은 채 모습을 드러냈다.

"지금 뭐라고 했는가?"

"…으으… 이, 이것 좀……."

"아!"

"예상대롭니다. 누군가가 고의적으로 사마 공자의 몸에 이질적인 기운을 심어놓은 것 같습니다."

진생의 대답에 사마중경은 의심스러운 눈초리로 쳐다봤다. 말이 안 되는 것이, 그런 간단한 문제라면 사마중경은 물론 신수 고목단이 몰랐을 리 없기 때문이다.

"사마 대협께서 모르셨던 건, 사마 공자의 몸에 주입한 기운이 매우 특이해서일 겁니다. 그건 직접 접해보지 못한 사람은 알지 못하니까요."

"진 의원을 보낸 사람이 천마라는데, 사실이오?"

"사실입니다."

진생은 너무 쉽게 대답했다.

"천마의 사람인가?"

사마중경의 말투가 바뀌었다.

"정군산에 들렀다가 이곳으로 끌려오다시피 했으니 그분의 부하라고 할 수는 없겠네요.”

“정군산?”

“검왕께서 가보라고 하셨습니다. 밖에 함께 온 사람들은 정검련의 교검들입니다.”

“…….”

진생의 얘기를 듣는 사마중경의 표정이 기이하게 변했다. 마치 천마와 검왕이 잘 아는 사이처럼 말을 했기 때문이다.

“진 의원, 좀 헷갈리는군요. 그러니까 진 의원은 정검련과 관련이 있는 분인데, 천마의 부탁으로 이곳에 왔다는 말씀이신가요? 그것도 정검련의 교검들 호위를 받으면서?”

“총관님 말씀 그대롭니다.”

자인건이 사마중경을 돌아보며 눈을 깜빡였다.

누구도 예상치 못한 대답이 진생의 입에서 흘러나온 까닭이다.

여의대전 밖.

부용과 죽영은 여의대전이 보이는 정자에 앉아 차를 마시고 있었다.

“접객실로 드시지요.”

사뿐거리는 걸음으로 다가와 상냥한 목소리를 낸 비녀는 부용과 죽영에게 고개를 숙였다.

“진 선배께서 치료를 시작하신 모양이네?”

“그러니 아까와는 다르게 호의적으로 대하겠지.”

"정말 대단하지 않아?"

"마제?"

"응. 우리도 모르는 일을 아시는 것도 그렇고 진 선배를 보내 치료하도록 했잖아."

"대단한 분이시지."

죽영은 자리에 일어나 비녀를 따라가며 고개를 끄덕였다.

용호산에서 본 용악의 신위는 언제까지고 죽영의 머릿속에 남아 있을 것이다.

인간이 빗방울을 암기로 사용할 수 있다는 것만 해도 입이 다물어지지 않는데, 그 빗방울 수백 개가 한꺼번에 날아가는 광경은 압도 그 자체였다.

그런 사람이 직접 부용과 죽영 앞으로 사람을 보냈다. 진생과 함께 여의단으로 가서 사마화인을 치료할 수 있도록 해주라는 내용의 서찰 한 장과 함께.

결과는 용악이 원하는 대로 됐다.

'앞으로의 강호는 마제가 마음을 어떻게 먹느냐에 따라 달라지게 될 것이다.'

예상이 아니라 확신이었다.

*　　　*　　　*

…그들은 정말 강했어요. 할아버지께선 그들 중 둘을 막는 것만으로도 버거워하셨지요. 아홉 분이 오시지 않았다면 황보세가

는 또다시 잿더미가 됐을지도 몰라요. …(중략)… 하고 싶은 말이 정말 많아요. 그분들, 정군산에서 오셨다는 분들요, 그분들 때문에 많이 웃었어요. 그분들은 용 소협을 마제라고 불어요. 이번에 오신 아홉 분은 천마라고 부르고요. 저는 둘 다 생소해서 그냥 아직도 용 소협이라고 부르고요. 괜찮죠? 다른 사람들과 똑같이 부르면 안 될 것 같기도 하고… 아무튼 제겐 용 소협이세요. 사마 총령은 용 소협께서 보내주신 의원이 치료를 하고 있어요. 용호산에 혈교가 들어선다는 것은 이미 강호에 소문이 파다해요. 조심하세요.

—황보소소. 황산에서.

무려 세 장에 나뉘어 쓴 편지였다.

글을 읽어 내려가는 용악의 눈은 무척 빨라서 세 장을 보는데 얼마 걸리지도 않았다.

"주……."

악승이 편지를 좀 제대로 보라고 말을 하려다 입을 다물었다. 다 본 편지를 용악이 다시 처음부터 읽었기 때문이다.

픽.

용악의 입가에 알 듯 모를 듯 웃음이 담겼다.

'일곱 수라 중 고수 아닌 자들이 없었다.'

악승은 용악을 경외심 가득한 눈으로 쳐다봤다.

수라혈에서 거둔 사람들이라며 소개한 일곱 수라.

그들은 용악이 돌아온 뒤 항상 근처에 머물렀다고 했다. 하

나 악승은 물론이고 남아 있는 천마구로조차 그들의 존재를
인식하지 못했다.

그들 중 수라혈군이 소개된 적이 당시의 상황을 설명해 주
었다. 무심한 목소리로 용악이 싸운 과정을 설명하는데 듣고
있던 악승과 천마구로는 몇 번이나 용악의 신위에 탄성을 터
뜨렸는지 모른다.

백여 명이 빗방울에 뚫려 죽은 것이며 스스로 불좌라 했던
천불노인을 무참히 날려 버린 것까지.

천불노인이 데려온 자들 중 좌위들은 칠 할이 죽었고 삼불
과 사불도 죽었다고 했다.

삼불과 사불에 대한 수라혈군의 설명이 재미있었다.

그들에 대해 '시간만 되면 전부 죽일 수 있는 자들' 이라 표
현했기 때문이다. 그 말은 곧 그들이 상대하기 쉽지 않은 자들
이었고, 그런 자를 수라혈군은 죽일 자신이 있었다는 뜻이다.

결국 살아서 도망친 자는 천불노인과 일불, 그리고 천급 좌
위 몇이라고 했다.

싸움을 지켜본 것도 아닌 악승이었지만 수라혈군의 설명만
으로도 어떤 싸움이 있었는지 전해졌다.

싸움을 끝내고 돌아온 용악은 한 번도 웃지 않았다.

그들에게 서둘러 건물을 세우라고 했고 공투와 려군, 수라
혈군의 무공을 직접 봐주기까지 했다.

그런 용악의 입가에 웃음이 걸렸다.

황보소소의 힘이 아닐 수 없었다.

‘당장 달려가고 싶으실 텐데 참아내시네.’

용악은 황보소소에 대한 애정을 한 번도 드러낸 적이 없었다. 현 상황에서 보면 그것이 옳기는 했으나 남녀 간의 사랑이 참는다고 참아지는 것이 아님을 아는 악승으로서는 신기하기만 했다.

“악승, 무슨 재미있는 생각을 하기에 그렇게 웃는 거야?”

멍하니 있던 악승은 하고 싶은 말을 용악이 먼저 하자 입맛을 다시며 슬그머니 웃음을 거두었다.

“주군, 한 가지 여쭤봐도 되겠습니까?”

“뭔데?”

“어째서 여의단을 도와주신 겁니까?”

“여의단을 도운 적 없다.”

“의원을 보내셨다고 들었습니다.”

“사마화인을 살리려고 보낸 것뿐이다. 십인회 총단에서 도왕의 기습 공격을 받았을 때 기억 안 나?”

“당연히 기억합니다. 그것과 사마화인을 살리신다는 말씀은 잘 이해가 안 됩니다.”

“사마화인이 아니었으면 아마도 도왕은 체면을 차리려 하지 않았을 거야. 물론 그런다고 해서 나를 어쩌지는 못했겠지만, 많이 힘들었을 건 사실이지.”

용악은 십인회 총단에서 사마화인이 나서서 삼 초로 제한을 둔 것을 기억하고 있었다.

“불좌가 사용한 소흘지체라는 것은 이전에 봤던 자들과는 차원이 달랐다. 싸움 후에 돌아온 뒤에도 계속해서 달라붙어 있었어.”

“……?”

악승은 용악의 말을 이해할 수 없어 의아한 표정으로 쳐다 봤다. 무공이 무슨 생물도 아니고 달라붙어 있었다는 말이 이해가 되지 않은 것이다.

“그래서 진생을 여의단으로 보낸 거야. 진생은 나를 치료해 본 경험이 있으니 어떻게 떼어내야 하는지 알 테니까.”

“대단한 의원인 모양이군요.”

“여러 모로 빚을 졌다.”

임중걸 같은 경우는 용악이 도움을 주었다고 하지만 진생이 아니었다면 치료 방법을 떠올리지 못했을 확률이 높았다.

“그러고 보니 도왕에 대한 소식이 전혀 없구나.”

“저도 그 점이 이상해서 정보를 모으고 있는 중입니다. 황보세가에서 그런 짓을…….”

악승이 급히 입을 다물었다.

“괜찮아. 어차피 대가를 치를 테니까.”

용악은 담담하게 악승의 말을 받았다.

그 속마음이 어떨지 악승은 짐작만 할 수 있었다.

십인회 총단에서의 일에 이어 황보세가에서 저지른 일은 용악에게 모두 보고한 뒤였다.

“주군, 사마중경의 무공은 어느 정도입니까?”

“사마 단주의 무공? 천마수를 찢은 것만으로는 설명이 안 될까?”

“현재의 주군과 비교하신다면…….”

“악승, 그런 걸 궁금해할 시간이면 하루속히 건물들을 완성해.”

“주군…….”

“나머지 한 명이 어디로 갔을지 궁금해. 불좌는 내게 왔고, 죽좌는 사마 단주에게 갔고. 삼천좌라고 하는 걸 보면 분명 한 명이 더 있는데 말이야.”

“알아보겠습니다.”

“알아봐. 가짜 삼천좌들도 들어야지, 죽음이 가까워지는 소리를. 저 건물들이 모두 세워지는 순간, 너희들은 죽는다.”

용악의 시선이 창문 밖을 향했다.

용악은 임시 거처에서 가장 먼저 지어진 건물에 들어와 있었다. 아직 다섯 층이 더 올라가야 할 건물이지만 신공장은 겨울이 되기 전엔 완성할 수 있다고 자신했다.

“조빈… 잘 적응을 하고 있군.”

창밖에 한 노인이 손짓을 하며 사람들을 다루는 모습이 용악의 눈에 들어왔다.

파천마궁주였던 조빈이 파천마궁도들을 직접 진두지휘하고 있었다.

용악이 거둔 사람들이 모두 도착하진 않았으나 서서히 자리를 잡아가고 있는 것이다.

“주군, 들어가겠습니다.”

밖에서 공투의 목소리가 들렸다.

"들어와, 시마."

공투는 안으로 들어오자마자 한쪽 무릎을 꿇었다.

"누군가 이곳으로 오고 있습니다."

"누군가?"

"두 명인데 그중 한 명은 주군을 잘 아는 자라고 합니다."

"나를?"

"이십대 중, 후반으로 보이는 사내인데 주루에서 떠들길, 주군과 함께 백마신교와 싸웠고 그때 주군께 은혜를 입었다고 했답니다."

"백마신교?"

용악은 백마신교라는 말에 형산을 떠올렸다. 그곳에서 만난 사람이 있는지 떠올리려 했으나 그곳에선 려군 외엔 기억나질 않았다.

"다른 한 명은?"

"그 노인… 의 정체는 아직 밝혀내지 못했습니다. 사내가 노인에게 극진히 대하는 것을 보면……."

"아!"

갑자기 용악이 탄성을 터뜨렸다.

악승과 공투가 의아한 표정으로 쳐다봤으나 용악은 웃기만 할 뿐 아무런 말도 해주지 않았다.

'황무. 너였느냐?'

백마신교와 싸우기 전에 만났던 황무를 그제야 떠올린 것이다.

지난 무공이 너무도 형편없어 천마수를 사용할 때의 경로를 몸에 새겨주었다. 그것을 은혜라고 한 모양이다.

"그들을 데려와라."

용악이 황무를 데려오라고 명령한 뒤 두 시진도 지나지 않았을 때다. 전각 안에 있던 용악은 자리에서 일어나 밖으로 나갔다.

"주군, 무슨 일이십니까?"

"대단하구나."

"예?"

"악승이 느끼지 못하는 걸 보면 그들 중 한 사람인데, 아무도 노인의 얼굴을 몰라본다……."

용악이 떠올린 이름은 삼왕 중 한 명이었다.

그들 중 악승 등이 얼굴을 모르는 사람은 단 두 명.

검왕과 권왕.

이들 중 한 명이 저 멀리서 걸어오고 있었다. 그것도 자신이 오고 있으니 알아서 마중 나오라는 위협까지 하면서.

"후후후."

용악은 천천히 며칠 전에 세워진 정문으로 걸어갔다.

"주군, 가시는 곳을 말씀해 주시면 모시겠습니다."

"정문."

"예?"

“마중을 나와 달라는데 나가줘야지.”

“……?”

용악의 속 모를 대답에 악승은 더 이상 질문하지 않았다. 이럴 때는 그저 모른 척 따라가기만 하면 되기 때문이다.

정문 앞에 도착한 용악은 길 저쪽 끝을 쳐다봤다.

잠시 후에 두 명의 인영이 모습을 드러냈다.

일노 일소.

용악이 안력을 돋우자 청년의 얼굴을 볼 수 있었다.

“역시 황무였군.”

“황무? 아는 자입니까?”

“알지. 악승, 어쩌면 오늘 네 번째 십대마인을 맞이해야 할지도 모르겠다.”

“십대마인이요?”

악승은 얼마 전부터 질문이 많아졌다.

용악이 말만 하면 모르는 얘기들이 쏟아지는 까닭이다. 지금도 처음 듣는 이름인 황무란 자가 십대마인이 될 거라지 않은가?

“악승, 권왕을 본 적 있어?”

“풉! 궈, 권왕! 그가 오고 있습니까?”

“그래, 저기.”

“예?”

악승의 작은 눈이 휘둥그레지며 용악이 눈짓으로 가리키는 길 끝을 둘러봤다. 하나 아무리 둘러봐도 권왕과 엇비슷한 자는 한 명도 보이지 않았다. 단지 청년과 보조를 맞춰 걸어오는 노인만 보일 뿐.

'혹시……'

악승의 예상은 정확했다.

"저 사람이 권왕이다."

"그걸 어찌 아십니까?"

"악승이 못 느낄 정도의 살기를 내게만 보내려면 삼왕이 아니면 안 될 테니까."

'살기?'

악승은 아무리 용악의 말이라고 해도 믿기 힘들었다.

그사이 노인과 청년은 악승의 눈에도 확연히 보일 정도로 가까워졌다.

"흰 수염에 강직한 얼굴……."

권왕의 생김새가 저 노인과 비슷하다는 얘기를 악승은 어디서 들은 것도 같았다.

"주군, 막을까요?"

"아니. 그럴 필요 없어."

용악은 권왕이 왜 혈교를 방문했는지 이유를 알 수 없었지만 한 가지는 알 수 있었다, 무척 화가 나 있다는 것을.

그 또한 황무가 오면 알 게 될 것이다.

권왕이 화가 났다고 해서 용악이 겁먹을 이유는 없었다.

정문까지 십여 장을 앞두고 갑자기 황무가 무릎을 꿇었다. 노인은 뭐가 그리 못마땅한지 인상을 찌푸리며 손을 들어 올렸다.

그러자 엎어지려던 황무의 신형이 어정쩡한 상태로 굽어지게 됐다.

"푸, 풀어주십시오, 어르신."

"내 눈에 흙이 들어가기 전엔 그런 짓은 못한다."

"그런 짓이라니요?"

"천마에게 절을 하려는 것 아니냐?"

"맞습니다. 그러니 풀……."

"내 눈에 흙이 들어간 뒤에 해라."

"궈, 권왕 어르신!"

"한 번만 더 입을 놀렸다간 평생 그 짓을 못하게 다리를 뭉개 버릴 테다."

권왕은 으름장을 놓은 후에 용악을 향해 걸음을 옮겼다.

쿵! 쿵! 쿵!

대수롭지 않은 그의 발걸음에 굉음이 터졌다.

일종의 기선을 제압하겠다는 나름의 의지 표현이었다.

"네가 천마더냐?"

권왕은 용악에게 대뜸 하대를 했다.

"당신은 권왕이군."

"뭐라! 당신? 이런 고연 놈을 봤나!"

권왕이 호통을 치며 용악을 노려봤다.

"이런 고연 늙은이를 봤나! 여기가 어딘 줄 알고 주군께 함부로 하대를 해!"

악승이 용악 대신 지지 않고 소리치며 옆으로 나왔다. 상대가 권왕이란 것을 알면서도 조금도 위축된 모습이 아니었다.

"늙은이?"

"당신이 주군께 예의로 대했다면 내 입에서 왜 그런 말이 나와! 무슨 일로 교를 방문했는지 모르지… 만 그런 태도로는 거기서 한 걸음도 앞으로 나올 수 없다."

악승은 말을 하는 도중에 전신을 짓누르는 힘에 하마터면 말을 멈출 뻔했다.

"악승, 그만."

용악이 악승의 어깨로 손을 올리자 악승을 짓누르던 기운이 먼지처럼 수그러들었다.

펑!

멀쩡하던 땅의 반경 일 장 정도가 갑자기 푹 꺼졌다.

권왕은 그 현상에 언짢은 눈빛이 됐다. 악승에게 가한 힘을 땅으로 미끄러뜨렸다는 의미다. 그것도 겨우 어깨에 손을 올린 것만으로.

"황무, 오랜만이구나."

용악은 황무를 보며 담담하게 말을 건넸다.

황무가 전신을 떨며 앞으로 한 걸음 내디뎠다.

'저리도 좋아?'

황무의 반응을 지켜보던 권왕은 어이없는 표정으로 고개를 내저었다.

"몸은 한 번 지나간 것을 잊지 않습니다. 저 역시 한 번 받은 은혜는 잊지 않습니다. 천마를 뵙습니다.”

황무는 절을 올리는 대신 포권을 취하며 허리를 굽혔다.

“내가 이곳에 있다는 것은 어찌 듣고서 왔느냐?”

“권왕 어르신께서 직접… 윽.”

황무가 말을 하다 말고 입을 다물며 ‘윽윽’ 거렸다.

권왕이 말을 못하게 진기로 입을 닫아버린 것이다.

“느껴지느냐?”

용악은 황무를 향해 손을 뻗은 채 물었다.

황무는 몸속에서 무언가 펄떡이는 것을 느끼고 힘차게 고개를 끄덕였다.

“그것을 위로 올려라.”

용악의 말이 끝나기가 무섭게 황무는 얼굴이 빨개지도록 힘을 쓰며 단전에서부터 얼굴까지 이어진 경로에 진기를 실었다.

“푸하!”

몇 번의 시도 끝에 황무는 숨을 토해내며 입으로 숨을 쉴 수 있게 됐다.

“사람의 몸에 이상한 것을 심어놓고 조종하려 하다니. 나 권왕은 반인륜적인 네놈의 행사를 가만히 보고 있지 않겠다.”

권왕은 황무 스스로 벗어났다는 생각 자체를 하지 않았다. 오직 용악이 사술로 황무를 조종하고 있다는 생각뿐이었다.

려군은 평소 용악의 부름이 있기 전에는 새로 지어진 거처에서 잘 나오지 않았다. 신녀에게서 받은 임무도 그렇지만 려군 스스로 자신의 능력을 높여야 함을 절실히 깨닫고 있는 중이기 때문이다.

그런 그녀의 눈에 악승과 천마구로가 어딘가로 급히 달려가는 것이 보였다. 단순한 호기심이라고 하기엔 기묘한 기분이 들었다.

정문으로 뒤늦게 가니 범상치 않은 기운을 풍기는 노인 한 명이 용악과 대치하고 있었다.

'저 사람이 권왕이구나.'

려군은 권왕을 보는 순간 머릿속에 그려지는 인물상이 있었다. 모든 일을 자신의 뜻대로 해야 직성이 풀리는 고집스러운 사람이지만, 한 번 정해진 원칙은 무슨 일이 있어도 지키는.

좀 더 다가가 용악과 권왕의 대화를 들었다.

권왕은 용악이 무슨 말만 하면 화를 냈다.

재미있는 것이, 용악이 말을 하면 황무란 사내의 눈이 빛났고, 그것을 바라보는 권왕의 표정은 일그러졌다.

이대로 두고 보면 용악과 권왕의 싸움은 피할 수 없게 된다. 이 싸움을 말리기 위해서는 황무란 사내와 권왕이 무슨 일을 겪었는지 알아야 했다.

"주군, 감히 한 말씀 드려도 되겠습니까?"

려군은 악승의 앞으로 나오며 한쪽 무릎을 꿇고서 용악에게 청했다.

"제후, 보고 있었나?"

“황 소협의 손을 한번 보고 싶습니다.”

“황무의?”

용악은 려군을 빤히 쳐다봤다. 권왕이 아닌 황무의 손을 잡는다는 말이 의아하지만 재미있게 느껴진 까닭이다.

“그렇게 해라.”

“어딜! 저 여아가 누군지는 모르지만 내 허락 없이 이 녀석을 만질 순 없다!”

권왕이 이번엔 려군을 노려보며 호통을 쳤다. 하나 려군은 아름다운 얼굴에 생글생글 웃음을 지으며 황무에게 다가갔다.

“황 소협, 그저 손만 만져 보면 돼요. 그것도 권왕의 허락을 받아야 하나요? 도대체 두 분은 무슨 관계죠?”

려군이 황무를 보며 한 발 앞으로 다가갔다.

황무는 려군의 아름다운 얼굴에 혹해서 자신도 모르게 고개를 끄덕였다. 황무의 인생을 통틀어 눈앞의 려군만큼 아름다운 여인은 본 적이 없었다.

그런 여인이 먼저 말을 걸어온 것 자체가 행운이라 여기고 있는데 손까지 잡아준다니 거절할 이유가 전혀 없는 것이다.

“손의 주인이 허락을 했는데 아직도 못 잡게 하실 건가요, 권왕?”

“멍청한…….”

권왕은 이미 말을 해버린 황무를 매우 못마땅한 눈으로 쳐다보고는 이내 손을 저으며 마음대로 하라는 시늉을 했다.

‘무공도 모르는 여아가 저 녀석에게 해코지를 하기야 하

려고……'

권왕이 모른 척한 이유였다.

려군은 주저없이 황무의 손을 잡았다. 그리고는 얼마 지나지 않아 손을 떼고는 웃으며 돌아섰다.

"주군, 황 소협은 주군을 뵈러 왔습니다."

"그건 나도 안다."

"문제는 권왕께서 황 소협을 마음에 들어하신다는 겁니다."

"음?"

용악이 의외라는 눈으로 권왕을 쳐다봤다.

"말도 안 되는 소리! 무슨!"

권왕은 인상까지 쓰며 강하게 부정했으나 이미 경직된 얼굴과 외면하는 행동으로 거짓말을 하고 있음을 들켰다.

'귀신같은 여아로구나.'

려군과 시선을 마주쳤다가 무슨 말이 나올지 몰라 아예 고개조차 돌리지 않았다.

"황 소협, 황 소협이 결정을 해주세요. 안 그러면 주군과 권왕께선 명분도 없이 싸워야 해요."

"저를 거둬주십시오!"

려군이 황무에게 대답을 촉구하자 황무는 조금도 주저 않고 한쪽 무릎을 꿇으며 외쳤다.

"어째서 너 같은 녀석이 이런 곳에 들어가려고 하는 게냐?"

권왕은 허탈한 목소리로 황무에게 물었다.

이곳까지 오는 동안 황무를 향한 권왕의 정성은 대단했다.

평소 그의 성격이라면 벌써 내쳤어야 할 황무를 설득씩이나 했고, 그의 무공인 종횡무적권의 기본 무리까지 풀어서 알려주었다.

그런 정성을 황무는 용악을 보자마자 내팽개쳤다.

권왕은 지금 그의 제자보다 혈교의 일개 무인이 되길 바라는 멍청한 놈을 보고 있는 것이다.

"권왕 어르신, 저는 어르신께서 탐낼 만한 놈이 못 됩니다. 태고봉에서 그들을 향해 달려든 이유를 말씀드렸잖습니까? 천마께서 저를 바꿔주지 않으셨으면 저는 나서지도 못했을 테고, 어르신의 눈에 들지도 못했을 겁니다."

황무는 권왕의 앞이라는 것을 알면서도 담담하게 하고 싶은 말을 했다.

황무의 말이 끝나자 용악은 물론 혈교 무인들의 시선이 일제히 권왕을 향했다.

"알겠다. 네 선택을 존중하마."

권왕은 흰 수염을 쓸며 고개를 끄덕였다.

태고봉에서 황무를 데리고 온 데엔 제자로 삼기 위함도 있었지만, 황무가 알고 있는 것이 잘못된 것이란 인식을 심어주기 위해서였다.

적어도 혈교라면, 과거 강호를 피로 물들였던 혈마의 명성대로라면 권왕을 이렇게 대할 리가 없다는 확신이 있었다.

천마 용악의 비범해 보이는 모습이야 그렇다 쳐도, 용악을 따르는 이들의 면면이 심상치 않았다.

‘어느 한 명도 고수 아닌 자들이 없군.’

용악은 물론 악승과 천마구로, 더구나 무공은 모르지만 신비한 능력을 지닌 려군까지.

권왕의 예상은 완전히 빗나가고 말았다.

“혹시 태고봉에서 삼천좌란 자를 만났나?”

“……!”

권왕 체면에 혈교로 들어갈 수는 없고, 마음을 접고 막 돌아서려 할 때 용악의 목소리가 권왕의 귀에 꽂혔다.

“그걸 어떻게 아십니까?”

황무가 신기한 표정으로 되물었다.

“이곳에도 왔었다.”

“천마께선 무사하십니까?”

황무의 질문에 권왕은 자신도 모르게 용악을 돌아봤다.

“주군께선 단신으로 그들을 물리치셨다.”

악승이 용악 대신 대답했다.

‘단신?’

권왕이 복잡한 표정으로 용악을 쳐다봤다.

믿을 수 없는 말이었기 때문이다.

황무 때문에 자리를 피했다고는 해도 지심대인이 멀쩡한 상태에서 비위들과 좌위들까지 전부 상대하기엔 불가항력이었다.

확인을 해야 했다.

“지금 뭐라고 했지? 삼천좌 중 한 명을 물리쳤다고?”

"불좌라는 자가 데리고 온 수는 이백이었소, 권왕. 주군께선 불좌와 그들 이백을 상대로 한 걸음도 물러서지 않고 막아내셨소."

역시나 악승이 대답했다.

"…믿을 수 없다."

권왕은 흰 수염을 파르르 떨었다.

용악의 무공이 상당한 경지에 이르렀음은 이미 확인했지만 아직 이십대였다. 이십대에 권왕을 넘어설 수 있다는 건 어불성설이었다.

"확인해 보시겠소?"

용악은 권왕을 똑바로 바라보며 대답했다.

그때였다.

"두 분께선 잠시 멈추십시오!"

누군가가 내공을 실어 소리치고는 신법을 펼쳐 달려오고 있었다.

第十章
도대체 누가?

천산마제

여의단 총단 여의대전 안.

희뿌연 수증기가 사방에서 피어오르며 내부의 공기를 정화하는 중이었다.

"휴우, 정말 믿을 수 없이 정교한 수법이군. 하마터면 혈맥이 터질 뻔했다. 어떻게 이런 것이 가능하지? 사마 단주님이 아니었으면 사마 공자의 몸은 이미 터져 버렸을 겁니다."

진생은 무거운 표정으로 고개를 절레절레 흔들었다.

"터진다고?"

"사마 공자의 몸에 심어놓은 것은 일종의 진기입니다. 보통 진기가 아니라 특정한, 그러니까 사마 공자가 익히고 있는 진기가 닿을 때 터지게 만든 것이지요."

“……!”

사마중경은 진생의 말을 듣고 안색이 창백해졌다. 직접 치료해 볼 생각이 없었다면 거짓말이다.

의술에는 문외한인 그가 섣불리 나섰다가 잘못되기라도 하면 돌이킬 수 없는 일이기에 고민하던 차다.

진생이 아니었다면 진정 크게 후회할 일이 일어났을 것이다.

“내가 도울 일이 있으면 언제든 말하게.”

“사마 공자보다 내공이 심후한 분이 필요합니다. 말씀드렸듯이 사마 단주님은 안 됩니다.”

“알겠네. 곧 사람을 보내겠네.”

사마중경은 진생의 말을 신뢰했다.

사마화인의 몸을 찬찬히 살피는 손길과 치료법을 생각해 내기 위해 앉은 자리에서 꼬박 세 시진을 고민하는 모습.

그 누구라도 신뢰할 수밖에 없었다.

“사마 단주님.”

진생이 막 내전을 나서려는 사마중경을 불렀다.

“또 필요한 것이라도 있나?”

“사마 공자는 무사할 겁니다. 아무 걱정 마십시오.”

“고맙네.”

“천마께서 보내주시지 않았다면 저도 이런 특이한 증상을 보지 못했을 겁니다.”

진생은 땀을 흘리면서도 무척 즐거운 얼굴이었다.

　그것은 빛이 나는 얼굴이며, 진정으로 자신이 무엇을 하고 있는지 아는 얼굴이었다.

　"천마… 신세를 졌군."

　사마중경은 내전 밖으로 나와 자인건을 찾았다.

　저쪽 복도 끝에서 다다다거리며 자인건이 달려왔다.

　"단주님, 총령은 어떻습니까? 그 의원이 정말로……."

　"혜인 대사를 불러주게. 안에 있는 진 의원이 시키는 대로 하고 아무것도 토를 달지 못하게 해줘."

　"알겠습니다. 한데… 단주님, 어딜 가시려는 중이십니까?"

　"화인이가 무사한데 가만히 있을 수 없잖은가? 혜인 대사를 부른 뒤에 곧장 외 총관에게 내 이름으로 소집령을 발동하라고 일러. 효력은 즉시. 각 지부에 있는 원로들에게 최정예 이십 명씩만 데리고 정주(鄭州)로 모인다. 알겠나, 자 총관?"

　"아, 알겠습니다."

　자인건은 사마중경이 웃고 있지만 무척 분노하고 있음을 느낄 수 있었다. 인상을 찌푸리고 있을 때와는 비교도 할 수 없는 분노였다.

　"아! 한 가지 더."

　"말씀만 하십시오."

　자인건의 말투도 달라졌다.

　"천마도 초대해라."

　"예? 천마, 그… 천마 말씀이십니까?"

　"연락이 닿는 삼왕들께도. 삼천좌, 놈들을 강호에서 몰아낸다.”

　사마중경은 말을 마치고는 곧바로 연무장으로 걸음을 옮겼다.

　자인건의 눈이 붉게 충혈됐다.

　진정한 거인의 뒷모습을 본 까닭이다.

　지금까지 사마중경을 따르면서 이토록 감동한 적이 처음이다.

　“자인건, 단주님을 끝까지 따르겠습니다!”

　자인건이 이마를 땅에 찧으며 절을 올렸다.

　사마중경에게선 아무런 대답이 없었다.

　“무공도 할 줄 모르면서 말은······.”

　자인건에겐 들리지 않을 정도로 작은 목소리가 사마중경에게서 흘러나왔다.

　사마화인에 대한 걱정이 사라지면서 사마중경 본연의 모습으로 돌아온 것이다.

*　　*　　*

　여의단 강서 지부장 태묵은 전력을 다해 말을 몰았다.

　부하들과 함께 움직이기엔 시간이 너무 촉박했다.

　권왕이 강서성에 모습을 드러낸 것은 이미 알고 있었다. 부하들을 시켜 권왕이 어디를 가는지 알아두라고 명령을 내린 것이 얼마나 다행스러운 일인지 몰랐다.

부지부장 둘과 셋이서 무려 여섯 시진을 내달려 겨우 용호
산이 보이는 곳까지 올 수 있었다.

히이잉!

얼마나 혹사를 시켰는지 말이 혀를 빼물고 그만 좀 달리라
고 주인에게 하소연을 했다.

"신법으로 움직인다."

태묵이 훌쩍 신형을 띄우며 말에서 떨어지자 두 부지부장
역시 사력을 다해 뒤쫓았다.

총단에서 내려온 내용은 여의단주의 이름으로 삼왕과 천마
를 정주로 초대하라는 명령이었다.

'권왕께서 혈교의 위치를 수소문하셨다면 이유는 뻔하다.
돌이킬 수 없는 일이 벌어지기 전에 말려야 한다, 내 목숨을 걸
고서라도.'

태묵은 용호산 입구로 들어서며 이를 악물었다.

아직 경계가 삼엄하지 않은 걸로 봐서는 싸움이 일어나지
않았을지도 모른다. 더욱 속도에 박차를 가했다.

전력을 다한 덕분인지 태묵과 두 부지부장은 권왕과 천마의
모습을 볼 수 있었다.

"두 분께선 잠시 멈추십시오!"

태묵이 젖 먹던 힘까지 모두 쏟아낸 외침이었다. 당연히 사
람들은 돌아봐야 했다. 그래야 또다시 소리칠 일이 없을 테니
까.

그러나 현실은 태묵의 바람을 무참히 박살 냈다.

아무도 태묵을 돌아보는 사람이 없었다.

턱.

태묵이 다시 소리치려 할 때, 누군가 그의 목에 날카로운 검을 댔다.

"……!"

태묵은 너무 놀라 착지도 잊고 땅으로 뚝 떨어져 내렸다. 두 부지부장도 마찬가지였다.

바닥에 내려선 세 사람의 목에는 세 개의 검이 닿아 있었다. 세 사람 누구도 다친 사람은 없었다. 세 사람이 신법을 펼치는 속도에 맞춰 같이 움직이면서 검을 대고 있다는 뜻이다.

"신분을 밝혀야 움직일 수 있다."

낮고 차가운 목소리.

"여, 여의단 가, 강서 지부장 태묵과 부, 부지부장들이오. 권왕과 천마께 볼일이 있어서 찾아왔소."

태묵은 눈동자를 아무리 굴려도 누가 목에 칼을 대고 있는지 볼 수가 없었다.

"여의단에서 무슨 일로 찾아온 거죠?"

용악과 권왕은 서로를 마주 본 채 미동도 하지 않았다. 려군은 자연스럽게 걸어가 세 사람과 마주섰다.

"여의단주님께서 두 분을 정주로 초대하셨소."

"정주?"

"이 서찰을 보여 드리면 아실 거요."

태묵은 려군이 말을 받아주자 품속에서 서찰 한 장을 꺼내

건넸다.

"잠시만요."

"이, 이건……."

"그분들은 제 말을 안 들어요. 주군께 말씀드릴 테니 불편해도 잠시만 그대로 계세요. 움직였다가 다치면 아프잖아요."

려군은 세 사람에게 코를 찡긋거리고는 용악에게로 다시 돌아갔다.

"주군, 저들이 이 서찰을 전해달라고 하는데요?"

"읽어봐."

용악은 서찰을 받으려다 말았다.

용악과 권왕 두 사람에게 전하는 서찰이라고 한 것을 들은 까닭이다.

"천좌의 무공이 금지무공이란 것을 알면서도 삼천좌란 자들은 신경도 쓰지 않고 마구 뿌려대고 있다고… 삼천좌를 강호에서 몰아내는데 정파와 사파의 구분은 무의미하다고 적혀 있습니다."

려군의 마지막 말은 권왕을 향했다.

정파와 사파의 구분을 지으려고 온 권왕에게 사마중경은 그런 구분을 두지 말고 협력하자고 한 것이다.

"올 건가, 천마?"

권왕은 사마중경을 사십여 년 전에 만난 적이 있었다. 마흔 안팎의 젊은 나이에 여의단이란 거대 조직을 좌지우지하는 사마중경의 모습은 권왕에게 새로운 눈을 뜨게 해주었다.

　그런 사람이 존중한다면 권왕 역시 인정하는 것이 옳았다. 직접 보고 듣고 맛보지 않으면 믿지 않는 권왕의 성격다운 태도였다.

"검왕께도 전했나?"

용악은 권왕의 질문에 대답하는 대신 태묵에게 질문을 던졌다.

"다, 당연하오."

태묵은 마른침을 삼키며 대답했다.

"뵙고 싶은 분이 오신다니 가봐야 할 것 같소."

"검왕을 알아?"

권왕은 용악의 대답에 또다시 인상을 썼다.

사마중경이 용악에게 서찰을 보내는 것도 이상하고, 용악이 정파의 정점에 서 있는 삼왕 중 검왕을 아는 것도 이상했기 때문이다.

용악은 대답 대신 담담한 미소만 지어 보였다.

"그때가 되면 알게 되겠지."

권왕은 더 이상 대답을 촉구하지 않고 돌아섰다.

"권왕 어르신, 조심히……."

"넌 아무 말도 하지 마라. 네놈 때문에 이곳까지 온 걸 생각하면… 천마, 저놈이 착한 녀석인 건 내가 보증하지."

권왕은 황무를 보지도 않고 성큼성큼 태묵 등에게 다가갔다. 이미 태묵 등의 목에 대어 있던 칼들은 치워진 상태였다.

도왕전이 활짝 열리며 검은 형체가 날아가 벽에 꽂혔다.

"다들 잘 지냈지?"

세모꼴 얼굴에 세 가닥 수염.

도왕전 안에 있던 임중걸, 갈파랑은 물론 원로들이 일제히 자리에서 일어났다.

"사부님을 뵙습니다."

임중걸과 갈파랑이 곧장 무릎을 꿇으며 절을 올렸다.

도왕은 두 사람의 인사를 받는 둥 마는 둥 하고는 상석에 위치한 자신의 자리에 앉았다.

"사부님, 여의단에서 서찰이 도착해 있습니다."

"여의단?"

임중걸이 조심스럽게 서찰을 도왕에게 건넸다.

도왕과 관련된 일을 임중걸 등이 모를 리가 없었다.

도왕이 여의단과 썩 좋은 관계를 유지하고 있지 않다는 보고를 받은 후였다.

"정주로 모여라?"

"초대한다고……."

"후후후. 중걸아, 나도 눈이 있다."

"어찌할 생각이신지요?"

임중걸은 도왕이 돌아오자마자 이런 서찰을 건네게 될 줄은 꿈에도 생각지 못하고 있었다.

도왕의 성격상 갈 리가 없었다.

"다들 어떻게 생각하고 있는지 말해봐."

도왕이 임중걸을, 갈파랑을, 원로들을 돌아봤다.

모두들 함구(緘口)한 채 침묵을 지켰다.

지금까지 도왕이 길들인 사람들이니 자신들의 의지를 표현할 리가 없었다.

"가야지. 이런 좋은 취지를 가진 자리에 나 도왕이 빠져서야 되겠나? 안 그러냐, 두 사람?"

도왕은 임중걸과 갈파랑을 돌아봤다.

두 사람은 도왕의 말이 진심이 아니란 것을 확신하고 있기에 아무런 대답도 하지 않았다.

"단, 나 혼자 가련다."

"말도 안 됩니다, 사부님!"

임중걸과 갈파랑이 동시에 외쳤다.

"왜? 너희들이 이름을 날릴 기회라서?"

"그런 것은 중요하지 않습니다. 제자를 둘이나 두시고 어찌 홀로 가십니까?"

"후후후. 이 사부를 생각하는 그 마음은 갸륵하나, 그래야 하느니라."

"……?"

"묵도가 침묵을 깰 날이 곧 올 테니 너희들은 그때를 대비해 부지런히 무공이나 익혀라. 원로들은 지금까지 해왔던 대로 하면 되고."

도왕은 할 말을 마치고는 손을 흔들었다.

다 나가보라는 손짓이었다.

여의단주 사마중경의 서찰이 도착했을 때는 묵도 내의 커다란 사건이었으나, 도왕의 몇 마디로 한순간에 그들과는 무관한 일이 되어버리고 말았다.

허탈한 표정으로 도왕전을 나서는 제자들과 원로들을 보며 도왕은 희미한 웃음을 지었다.

"다 묵도를 위해서다. 피로도 풀 겸 며칠 쉬려고 했더니 어쩔 수 없이 또 움직여야겠군. 정주라……."

*   *   *

정주 운대산 홍석엽.

울긋불긋 바위들이 낙엽을 연상케 하는 곳이었다.

사마중경의 서찰로 인해 이곳은 사람들로 인산인해를 이루었다. 여의단의 정예무인들은 불과 이 할이 채 안 되고 나머지는 구경하러 온 일반인들이었다.

"나는 여의단주께서 곧 놈들을 응징하러 나서실 줄 알았다고."

"엥? 언제는 죽일 놈의 여의… 읍. 읍."

"이, 이 사람이 큰일 날 소리를 하고 있네? 여기가 어딘데 그런 말을……."

떠들썩한 소음의 대부분은 곧 벌어질 정사대회에 대한 얘기들이었다.

　정파의 삼왕과 여의단주 사마중경, 그리고 소문이 자자한 사파의 절대자 천마.

　세인들의 이목을 한곳으로 집중시키고도 남을 대단한 대회가 아닐 수 없었다.

　와아아아아!

　갑자기 계곡 한쪽에서 거대한 함성이 터져 나왔다.

　절제된 움직임으로 원로들과 함께 모습을 드러낸 사마중경을 본 사람들의 환호성이었다.

　사마중경이 향하는 곳엔 다섯 개의 자리가 마련되어 있었다. 누구를 위한 자리인지 굳이 설명이 필요없었다.

　삼왕과 사마중경, 그리고 천마.

　현 강호의 초절정고수 오 인을 위해 마련된 자리였다.

　사람들의 함성이 홍석엽 구석구석을 채워갈 때 이남일녀가 입구에 모습을 드러냈다.

　이남일녀의 외모는 수많은 인파 사이에서도 단연 돋보일 정도의 미남미녀였기에 함성을 지르던 사람들의 시선은 금방 세 남녀에게 집중됐다.

　"누구야?"

　한 중년인이 세 남녀를 보고 함께 구경 온 친구에게 물었다.

　"난들 아나? 그나저나 대단한 미남들에 미녀구만. 저런 미녀가 젊을 적에만 나타났어도 푹 퍼진 마누라 엉덩이 따위 냅다 걷어차 버리는 건데. 쩝.”

친구는 여인을 보고 입맛을 다셨다.

웅성웅성.

세 남녀를 향한 사람들의 대화는 점차 위쪽으로 밀려 올라갔고 위쪽에 있던 사람들은 호기심에 세 남녀가 올라오는 모습을 기다리기까지 했다.

그때, 여인의 외모에 사심이 동한 한 사내가 손을 뻗었다.

턱.

“손 잘리고 싶지 않으면 가만히.”

두 남자 중 한 명이 사내의 손을 잡고서 조용히 말했다. 목소리는 무척 낮고 조용했으나 세 남녀의 주위는 일시적으로 정적에 휩싸였다.

남자의 목소리를 들은 모든 사람들이 순간적으로 숨이 턱 막히는 기분이 들었기 때문이다.

남자는 사내의 손을 놓아주었고, 여전히 걸음을 옮겼다. 그러자 조금 전과는 달리 사람들이 길을 터주기 시작했다.

양옆으로 쫙 갈라지는 길은 점점 퍼져 세 남녀의 주위로 다가가는 사람들은 아예 없게 됐다.

남자의 손에 잡혔던 사내의 느낌이 사람들의 머릿속으로 전염되듯이 퍼져 나간 탓이다. 그런 현상이 가능한지 몸으로 느껴 버린 사람들이 생각할 겨를이 없었다.

“앞에 있는 남자보다… 중간에 있는 남자가 더 무섭지 않나? 마치 앞에 남자와 뒤에 여자의 호위를 받고 있는 것 같잖아.”

　나중에 한 말은 동의를 구하는 말이 아니라 자신의 판단을 꺼내 보인 말이었다. 말을 꺼낸 사내의 일행으로 보이는 배불뚝이중년인이 고개를 끄덕였다.

　"그러고 보니 그런 것도 같네? 뭐야, 저 남자. 저런 무시무시한 냄새나 풍기고… 지가 무슨 천마야?"

　배불뚝이 중년인은 무심코 한 말에 불과했다.

　그러나 그의 입에서 나온 '천마' 라는 단어는 길을 터주던 사람들의 행동을 몇 배는 빠르게 해주었다.

　"저, 저 여자… 너를 보고 있는 것 아니야?"

　"뭐? 어디?"

　배불뚝이중년인이 늘어나지도 않는 목을 최대한 늘이며 앞쪽을 보려 했다.

　그가 천마라고 했던 남자의 뒤를 따라가던 여인이 정말로 그를 보고 있었다.

　"나? 나?"

　배불뚝이중년인은 손으로 자신을 가리키며 입 모양을 냈다. 그러자 여인은 생긋 웃으며 입 모양으로 대답을 해주었다.

　'이분이……'

　배불뚝이중년인은 여인의 입 모양을 읽다가 앞을 가리는 사람이 있자 재빨리 밀치며 마저 읽었다. 그리고는 제자리에 주저앉아 남자라면 흘리지 말아야 할 것을 쏟아냈다.

　'천마세요……'

　여인의 입 모양은 분명 그렇게 말하고 있었다.

용악은 공투와 려군만을 대동한 채 사마중경의 초대에 응하기 위해 정주로 왔다. 용호산의 공사는 아직 끝나지 않았기에 오지 않으려 했으나 가짜 삼천좌를 내버려 둘 수도 없었다.

"천마다! 천마가 왔다!"

사마중경이 앉은 단이 보일 즈음 누군가가 계곡이 떠나갈 듯 소리쳤다.

"주군……."

"귀찮게 됐군."

용악은 공투가 난처한 표정으로 돌아보자 려군과 공투의 손을 하나씩 잡고서 훌쩍 신형을 띄웠다.

"허!"

사마중경은 사람들의 환호성이 터지는 쪽을 돌아봤다가 자신도 모르게 탄성을 터뜨렸다.

용악이 두 사람을 데리고 허공을 사뿐히 밟으며 내려오고 있었기 때문이다.

"손은 어떤가?"

사마중경은 자리에서 일어나 단에 내려서는 용악을 향해 먼저 질문을 던졌다.

"걱정해 준 덕분에."

정말로 늘어뜨린 용악의 손은 멀쩡했다.

“흠, 괜찮아진 모양이군. 내 가슴엔 아직 자네의 천마인이 찍혀 있는데 말이지.”

히죽 웃으며 가슴까지 문지르는 시늉을 한 사마중경이 이채를 발하며 고개를 미미하게 갸웃거렸다. 사마중경의 눈이 향한 곳은 용악이었다. 어느 한 부분이 아닌 용악 자체를 보고 있었다.

“자네… 뭔가 바뀐 것 같은데? 전에 봤을 때는 마기든 살기든 지니고 있는 걸 전부 꺼내더니 아예 드러내질 않고 있잖나?”

용악은 사마중경의 말에 고소를 머금었다.

마기든 살기든 지니고 있는 걸 전부 꺼냈다?

재미있는 표현이었으나 정확한 표현이기도 했다. 곤을 얻기 전과 후의 용악, 사마중경의 말보다 정확할 순 없었다.

“숨길 게 있을 리가.”

“아니, 아니. 뭘 숨겼다는 게 아니라… 흐음……."

사마중경은 머릿속으로는 분명 용악이 변했다는 것을 알면서도 입으로 옮기려니 뭐라 설명할 말이 떠오르지 않았다.

“한 가지는 확실하오, 앞으로 단주의 뇌전창에 손을 다치는 일은 없을 것이라는.”

“호오!”

사마중경은 한쪽 입술을 비틀며 호기심 어린 눈으로 용악을 바라봤다. 뇌전창에 손이 뚫리는 순간 그의 가슴으로 천마인을 날렸다. 본능적인 행동이었겠지만 그 한 수로 사마중경과

호각의 승부를 치렀다고 할 수 있었다.

'사파 무공은 깨달음의 무공이 아니기에 일정 성장을 하게 되면 정체의 시간이 길어지게 마련이다. 그 경계를 뚫었단 말인가?

사마중경의 예리한 눈이 용악에게서 뭔가를 알아내려고 빛을 뿌렸으나, 용악은 조금도 요동하지 않고 자연스럽게 사마중경의 눈을 받아냈다.

"곧 삼왕이 도착하네."

"그렇다고 해서 왔소."

"고마웠네."

삼왕의 얘기를 하다 갑자기 사마중경이 용악에게 포권을 취했다. 진생을 여의단으로 보내준 것에 대한 감사의 표시였다.

"빚진 걸 갚은 것뿐이오."

"빚? 화인이에게 빚이 있었나?"

"오늘 올 사람 중 한 명에게 속수무책으로 당할 뻔한 적이 있는데, 사마 총령 덕분에 잠시 숨을 돌리게 된 적이 있었소."

"혹시 십인회 총단에서?"

용악은 대답 대신 짧게 고개를 끄덕였다.

'그걸 빚이라 생각한다고? 화인이가 자네에게 질투해서 했던 행동을?

사마중경은 당시의 상황을 보고를 통해 알고 있었다. 하지만 용악의 대답과는 전혀 다른 상황이었다.

사마화인은 도왕이 용악을 기습할 줄도, 용악이 그 기습을 조금도 신경 쓰지 않고 싸우려 할 줄도 몰랐다고 했다.

만약 용악의 논리대로라면 사마중경 역시 용악에게 빚을 진 셈이 돼야 하는데 사마중경은 그럴 마음이 조금도 없었다.

"나는 자네에게 빚진 것 없네."

"……?"

용악은 사마중경이 엉뚱한 말을 툭 뱉자 오히려 의아한 눈으로 쳐다봤다. 그 눈에는 이미 형산에서의 일은 잊은 것처럼 보였다.

사마중경은 그 모습에 그냥 기분이 좋아져서 껄껄 웃어젖혔다. 몇 마디 나누지 않았으나 그것만으로도 사마중경은 유쾌해질 수 있었다.

"우리 얘긴 미뤄야겠군. 손님이 오신 모양일세."

사마중경이 위를 올려다보며 자리에서 일어났다.

허공을 평지처럼 걸으며 한 노인이 내려오고 있었다.

흰 수염이 목젖까지 내려온 강직한 인상의 노인은 권왕이었다.

단에 내려선 권왕은 사마중경에겐 가볍게 포권을 취했고, 용악에겐 왜 인사를 하지 않느냐는 눈으로 쳐다봤다.

"허허허. 권왕께서 어려운 걸음을 해주실 줄 생각지도 못했습니다."

"별말씀을 다 하십니다. 사마 단주께서 청해주지 않으셨다면 저 혼자서라도 그들을 응징했을 겁니다."

"저 사람은 알고 계실 테니 따로 소개는 하지 않겠습니다.

검왕과 도왕께서도 곧 도착하실 겁니다. 세 분이 한자리에 모이셨던 때가 있었던가요?"

사마중경은 일부러 두 사람이 마주하지 못하게 말을 돌리려 했다. 용악과 권왕이 싸우기 직전까지 갔다는 보고를 강서 지부장 태묵에게서 받은 상태이기에 불필요한 일은 없는 편이 나았다.

"사십여 년 전에 있었소."

"사십여 년 전… 참, 이곳까지 오시는 길은 강서 지부장이 안내를 한 겁니까?"

사마중경은 말을 하다 말고 진즉에 물어봤어야 하는 걸 잊었다는 표정이 됐다.

"그때 모인 이유는……."

"군웅대회가 열린 것도 벌써 사십 년이나 된 것 같습니다. 그때는 저도 무척 젊었는데 이젠 쭈글쭈글 늙은이가 되어서는… 아! 권왕께선 여전하시지만 말입니다. 하하하."

사마중경은 권왕의 입에서 나올 말을 알고서 재빨리 말을 돌렸다. 그러자 권왕도 더 이상은 사십여 년 전 군웅대회에 관해 얘기할 생각이 사라졌는지 입술을 일자로 닫아버렸다.

사마중경이 또다시 예전 얘기를 꺼내려는 권왕의 입을 막으며 웃음으로 마무리를 했다. 이렇게 되자 권왕도 굳이 과거 얘기를 꺼낼 이유가 없어졌다.

사십여 년 전이면 강호를 위협할 만한 세력은 오직 혈교밖에 없었다. 모습을 감춘 혈교가 혹시라도 다시 나타날까 봐 그런 일은 없어야 한다며 삼왕이 모인 적이 있었다.

용악이 있는 자리에서 굳이 그런 얘기를 할 이유는 없었다.

잠시 세 사람 사이에 어색한 시간이 흘렀다.

그사이, 홍석엽의 하늘에 붉은 노을이 내려앉기 시작했다. 바위 곳곳에 피어 있는 붉은색이 하늘로 올라가 붉은 노을로 화해 내려오는 착각이 들 정도였다.

놀라운 자연의 신비로움에 군웅들이 취해 있을 때 조용히 단 위로 내려서는 한 사람이 있었다.

"오셨습니까?"

용악이 가장 먼저 인사를 건넸다.

신선을 방불케 하는 고고한 외모의 검왕이 용악에게 다가가 손을 잡았다.

"왔군. 자네가 없으면 어쩌나 걱정을 했지 뭔가?"

검왕은 사람들의 이목을 조금도 신경 쓰지 않고 반가움을 표현했다.

"오랜만에 뵙습니다, 검왕."

"오! 사마 단주께 이런 실례를. 이 사람을 보는 순간 반가운 마음에 잠시 정신이 어디로 나간 모양이오. 허허허."

"권왕께서도 와 계십니다."

사마중경이 권왕을 소개했다.

"검왕께서 천마와 그토록 깊은 친분을 가지고 계실 줄은 몰랐습니다."

권왕은 속내를 숨기는 법을 모르는 사람이었다. 용호산에서 용악의 입으로 들을 때는 긴가민가했으나 이곳에서 두 사람의 친분이 깊다는 걸 직접 보니 실망한 기색을 감추지 못했다.

"허허허, 제가 발이 좀 넓습니다."

"검왕, 아무리 발이 넓어도 사파의……."

권왕이 안색을 굳히며 다시 뭐라고 하려 할 때였다.

"도왕, 한 분만 오시면 오늘 군웅대회를 연 이유에 대해 말씀드리려 했으나, 도왕께서 안 오실지도 모르니 세 분께 먼저 말씀드리겠습니다."

사마중경이 권왕의 말을 자연스럽게 이으며 화제를 돌렸다. 권왕은 하고 싶은 말을 다 하지 못했으나 굳이 고집을 부리지는 않았다.

'왜들 이러는 거지? 어째서 다들 천마를 옹호하느냔 말이다.'

며칠 사이에 세 번이나 배신감을 느끼는 권왕이었다.

지심대인이 삼십 년 동안 권왕을 농락해 온 것에 이어, 황무의 배신, 그리고 검왕이 실제로 용악과 친분이 두텁다는 사실까지.

"제가 밝혀낸 그들의 정체는 과거 천좌의 열 가지 무공을 모두 익힌 자들로, 스스로 삼천좌라 칭했습니다. 그들을 추종하는 무리의 숫자는 아직 파악되지 않고 있으나, 기하급수적으로 늘어나고 있습니다. 죽좌, 심좌, 불좌. 자신들을 그렇게 부른다고 합니다. 그들을 보좌하는 비위들이 있고, 그 비위들 아래로 천지인급 좌위들이 있습니다."

"심좌란 자를 알고 있소, 단주."

권왕이 입을 열었다.

"저도 죽좌라는 자를 알고 있습니다."

사마중경이 씁쓸한 표정으로 대답했다.

"불좌는 제게 왔소."

용악이 마지막으로 입을 열었다.

"천산을 넘어온 것도 아닌데 어찌 그런 자들이 버젓이 활보할 수 있는지 모르겠구려."

검왕이 탄식과 함께 고개를 내저었다.

"그들이 활동을 시작한 시기는 이미 오래전부터였습니다, 검왕. 오십 년도 더 됐지요."

"사마 단주께선 그들에 대해 알고 있었단 말이오?"

"알고 있었다기보다는 알아내려고 했다는 말이 옳습니다. 그들에게 갚아야 할 빚이 있거든요."

사마중경은 차마 그 내용은 말하지 못하고 씁쓸한 표정으로 대신했다.

복수라고 해도 좋았고 원한이라고 해도 좋았다.

이번에 지심대인과 싸우며 인정하고 싶진 않았지만 그들을 사마중경 혼자서 어찌할 수 없음을 깨달았다.

여의단을 개인적인 일에 끌어들이고 싶지 않아 그동안은 홀로 움직였지만 이제는 달랐다. 그들은 어느 한 개인이 목표가 아니라 강호 전체가 목표인 것이다.

"난 삼십 년 됐소."

권왕이 뜬금없이 말을 꺼냈다.

"그자와는 삼십 년 전에 만났소. 천좌의 무공을 사용하는 것을 보고 응징하려 했으나… 무려 삼 일 밤낮을 싸우고도 그자를 제압하지 못했소. 그자는 십 년 후에 다시 보자고 했고, 그동안은 서로 강호 출입을 해선 안 된다는 단서를 달았소."

권왕의 표정에는 회한이 담겨 있었다.

권왕은 그것을 받아들였고, 곧이곧대로 은거에 들어갔던 것이다.

"그들 역시 기다리고 있을 텐데, 갑시다."

용악이 대화를 결론짓듯이 짧게 말하며 자리에서 일어났다.

와아아아!

막 용악이 자리에서 일어났을 때, 홍석엽이 떠나갈 듯 거대한 함성이 일어났다. 함성의 시작은 계곡 입구 근처였고, 점점 커졌다.

"과시하기 좋아하는 인간이 오고 있군."

용악은 누가 오는지 굳이 볼 것도 없다는 듯 고개를 돌렸다.

"허허허. 왜 그러나, 천마?"

검왕은 용악을 천마라 불렀다.

"어색하군요."

"나도 그렇다네. 예전에 부르던 이름이 좋았네. 그래도 어쩌겠나, 이곳은 천산이 아니고 강호인 것을.”

검왕은 용악이 살던 천산을 하나의 세계로 인정하고 있었다. 천산이었다면 천산마제로 부르겠지만 이곳은 천산이란 세계를 모르는 강호였다.

용악은 천마로서 존재해야 했다.

그때, 사마중경이 끼어들었다.

“천마, 우리는 북쪽으로 움직일 생각이네.”

“안 그래도 먼저 움직이려던 참이었소. 검왕께서 오신다기에 기다린 것뿐 보기 싫은 자들까지 볼 생각은 없소.”

“그중에 나도 끼어 있나?”

사마중경이 갑자기 진지한 얼굴로 용악에게 물었다.

“먼저 가서 있을 테니 천천히 오세요.”

“자네는 여전히 혼자 움직이는 걸 좋아하는군.”

“제가 어디 가겠습니까? 따로 말씀드리려 했는데 지금 해야겠네요. 삼천좌들은 그들이 아닙니다.”

“그들이라면 자네와 나를 천산으로 불렀겠지.”

“나중에 뵙겠습니다.”

“다시 보겠군, 자네의 만벽을.”

검왕은 흐뭇하게 웃었다.

용악이 펼치는 만벽을 또 본다는 생각만으로도 무인으로서 흥분되는 까닭이다.

“만벽은 이제 사용하지 않습니다.”

“어째서?”

"좀 더 나은 것이 생겼습니다."

"오! 그건 언제 보여줄 텐가?"

"곧 보시게 될 겁니다. 그럼."

용악은 담담하게 말을 마친 후 검왕에게 정중히 포권을 취했다. 그리고는 공투와 려군의 손을 잡고 훌쩍 신형을 띄웠다.

용악이 완전히 홍석엽에서 사라질 때까지도 도왕은 자신을 알아보는 이들에게 일일이 대협의 풍모를 실천하며 올라오고 있었다.

"모두 오랜만입니다."

도왕이 제단 위로 올라오며 검왕, 권왕, 사마중경에게 포권을 취했다.

"저 빈 자리는… 천마가 보이질 않는군요. 사마 단주, 천마는 아직 오지 않은 건가요?"

"방금 떠났습니다."

사마중경이 도왕을 신기한 눈으로 쳐다봤다.

설마 본인 입으로 용악을 찾을 줄은 생각지도 못했기 때문이다.

"사파의 인물이라도 강호의 위험을 함께 나누려는 마음이 가상해서 격려라도 해줄 생각이었건만. 쯧."

도왕은 정말로 용악을 보지 못해 아쉬운 표정으로 혀를 찼다.

'이건 네놈이 스스로 자초한 화다.'

　도왕의 눈빛에 아주 짧은 순간 살기가 일었다가 사라졌
다.

＊　　＊　　＊

　청죽림주는 단정히 앉아 차를 마셨다.
　청색 난삼을 입고 머리에는 유건을 썼다.
　"다들 어땠는지 말해보게."
　한 달여 만에 삼천좌가 다시 모였다.
　천불노인과 지심대인은 굳이 청죽림주가 부연 설명을 하지
않아도 무슨 말인지 알고 있었다.
　"권왕은 삼십 년 전보다 강해졌네."
　지심대인이 먼저 입을 열었다.
　"역시 자네는 권왕을 찾아갔군."
　예상하고 있었다는 듯 청죽림주가 웃으며 고개를 끄덕였다.
　"붕천지란 수법을 창안했더군."
　"붕천지?"
　"혼자서 상대하면 오 할, 그림자들까지 이용하면 팔 할. 그
리 크게 염려할 자는 아니네."
　태고봉에서 붕천지에 맞은 지심대인의 옆구리는 이미 깨끗
이 치료된 상태였다.
　"난 사마중경을 만나고 왔네.
　"사마중경을?"

“아들을 구하려면 와야지.”

“그의 여자와 아들만 바꾼 건가?”

“가장 손쉬운 방법이잖은가. 그의 아들인 사마화인의 몸에 소홀류를 흘려서 혈맥을 제압한 상태로 돌려주었네. 물론 사마중경과도 손속을 나눠봤네.”

“결과는?”

지심대인은 자신이 그 현장에 있는 것처럼 흥미로운 눈이 됐다.

“뇌룡구천까지 완성한 것 같네. 천마의 손을 뚫었다는 뇌전창도 받아봤는데… 운외반간을 손 안에서 놀게 하고 그 위를 유리붕권으로 두르니 막아낼 수 있더군. 그림자들까지 동원하면 필승이네.”

청죽림주은 말을 마치고 지심대인과 함께 천불노인에게 시선을 돌렸다.

천불노인은 두 사람이 대화를 나누는 와중에 한마디도 하지 않았다. 하나 두 사람의 시선이 자신에게 고정된 채 떨어질 생각을 않자 어쩔 수 없이 입을 열었다.

“자네들은 잘못 알고 있네.”

“무얼 말인가?”

“천마는…….”

“천마는?”

“괴물이네.”

천불노인의 말이 떨어지자마자 청죽림주와 지심대인은 서

로를 마주 보고 동시에 헛웃음을 터뜨렸다.

"천불, 우리가 만난 사마중경과 권왕 이들 중에 괴물 아닌 자가 누군가?"

"천마는 그들과 다르네."

천불노인의 음성이 좀 더 무겁게 가라앉았다.

"무슨 일인가? 천마와 무슨 일이 있었던 건지 속 시원히 말해주게."

천불노인은 용악과 싸울 당시를 기억했다.

"자네들은 일수에 좌위 백 명을 죽이는 자를 본 적이 있나?"

"과장을 섞어서 말인가?"

"있는 그대로. 더 많을지도 모르지. 내가 직접 본 것이 아니니."

"천불, 우리와 지금 농을 하자는 건가? 자네가 직접 싸워본 천마에 대해 말을 해줘야 할 것 아닌가?"

"청죽, 천마는 나와 싸우기 전에 일수에 백 명의 좌위를 죽였네. 뭐로 죽였는지 아나? 천마의 무공인 천마수? 아니네. 천마벽? 그것도 아니네. 빗방울이었네."

청죽림주와 지심대인은 무표정했다.

빗방울로 사람을 죽인다? 그들 역시 충분히 그럴 수 있기 때문이다.

"한꺼번에."

"뭐!"

"뭐라고!"

이번엔 두 사람의 입에서 고함이 터졌다.

천불노인의 말은 마치 용약이 빗방울 백 개를 날려 좌위 백 명을 죽였다고 들린 탓이다.

"당시의 상황을 직접 본 삼불이 그러더군. 몇백 개의 물방울이 천마의 몸에 붙어 있다가 일제히 좌위들의 몸을 관통했다고."

"천불, 그런 얘기는 됐고, 자네가 겪은……."

"유리붕권, 운외반간, 단룡창, 소소무… 전부 그자에겐 통하지 않았네."

천불노인의 말이 이어질 때였다.

'그 녀석…….'

청죽림주는 사마화인이 의식을 잃으면서 했던 말을 떠올렸다.

천마는 압도적이라는.

그때는 웃었다.

그러나 지금은 왜 그 말을 놓쳤는지 후회가 될 지경이었다. 그 정도로 천불노인의 입에서 흘러나오는 천마에 대한 평가는 엄청났다.

"천마에겐 그 어떤 것도 통하지 않았네. 천마가 뭐로 나를 공격했는지 아나? 손과 발. 박투일세. 허! 이 내가 천마의 손과 발에 패해 도망쳤단 말일세!"

콰쾅!

세 사람이 앉아 있던 정자가 터져 나갔다.

조용한 침묵이 흘렀다.

어느 누구도 입을 열지 못했다.

청죽림주는 그의 그림자인 영령을 만나러 방으로 들어왔다.

"무슨 일이냐?"

방 안으로 들어선 청죽림주 앞으로 검은 형체가 모습을 드러냈다.

"영인이가 돌아오고 있습니다."

"뭐? 영인이라면……."

"천산으로 보냈던 둘째입니다."

"안다. 네가 가서 직접 데려와라."

"그것이 이상합니다."

"뭐가 말이냐?"

"평상시의 영인이라면 천산에서 떠날 때 제 허락을 구했을 겁니다. 한데 어찌 된 일인지 다 와서야 청죽림으로 들어오겠다고 연락을 취해왔습니다."

"떠날 때 연락이 없었다고?"

"그렇습니다."

"확실히 이상하구나. 그래서?"

"예?"

"그래서 본좌가 어찌해 주었으면 좋겠다는 말이냐?"

청죽림주는 뭔가 어긋나는 느낌에 화가 치밀어 올랐다. 몇 십 년을 준비해 온 일이 마지막 순간에 말도 안 되는 일들로 그를 화나게 하고 있었다.

"제, 제가 알아서 처리하겠습니다."

"네가 내 그림자로 얼마나 있었는지 기억하느냐, 영령?"

"기억합니다."

"한데도 네가 하는 짓은 멍청하기만 하구나. 지금 네 눈에는 내가 한가해 보이느냐?"

"아닙니다."

"다시는 그따위 일을 내게 묻지 마라. 뭔가 이상해? 그럼 죽여."

청죽림주는 짧게 명령을 내리고는 방을 나섰다.

그의 머릿속에는 온통 곧 들이닥칠 삼왕과 사마중경, 천마를 상대할 생각뿐이었다. 전 강호를 상대로 팔 할의 자신감을 갖고 있었건만, 천마 한 명 때문에 그 자신감이 오 할대로 떨어졌다.

그것만 생각해도 머리가 아파올 지경이었다.

영인은 청죽림으로 돌아오자마자 영령과 함께 청죽림주를 찾아왔다.

청죽림주는 영령이 영인까지 데리고 오자 기어코 살기를 일으켰다.

"도망치십시오."

영인은 청죽림주를 보자마자 한마디를 건넸다.

"뭐라고? 지금 네가 누구 앞인지 알고서 하는 소리냐?"

“그들은… 이미… 천산을… 저, 저는… 겨우 탈출… 어서…
도망…….”

조금 전까지만 해도 멀쩡하던 영인이 갑자기 눈을 까뒤집으
며 헛소리를 해대기 시작했다.

그때, 지심대인이 나서서 영인의 등에 진기를 불어넣었다.
추궁과혈로 영인의 생명을 연장시켜 주려는 것이다.

“이미 끊어진 경락은 소흘류가 잡고 있다. 어서 청죽에게 전
하려던 얘기를 마저 해라.”

지심대인의 빠른 조치가 성공했는지 영인의 흰자위가 살짝
걷히며 희미한 눈동자가 모습을 드러냈다.

“그들은… 인간이 아닙니… 저를 천마에게 보냈… 저는 주
군께…….”

“그게 무슨 말이냐? 그들은 누구고, 너를 왜 천마에게 보냈
다는 말이냐?”

“그들… 유, 육천좌… 천마… 초대…….”

영인이 끝까지 말을 잇지 못하고 결국 피분수를 뿜어냈
다.

싸늘한 정적이 주위에 흘렀다.

소흘류로 이어놓은 영인의 혈맥은 저절로 끊어진 것이 아니
었다.

침묵의 끝자락이 멈춘 곳은 청죽림주의 거처 위였다.

백색 나삼을 입고 은발에 조용한 눈을 한 나이를 가늠키 어
려운 얼굴을 한 자가 입을 열었다.

"천마에게 온 것이 아니구나. 그럼 너희들에게 돌아갈 것
은 죽음뿐이다. 천마에게 내 말을 전할 한 명을 지금 정해
라."
　은발의 인물은 청죽림주, 지심대인, 천불노인이 멀쩡히 눈
을 뜨고 있는 곳에 아무렇지도 않게 발을 내디뎠다.

〈제8권 끝〉

Knight Reload
마검전생
1 전공의 기사
김재한 판타지 장편 소설
Knight Reload
마검전생
마검전생
2
마검전생
1
김재한 판타지 장편 소설

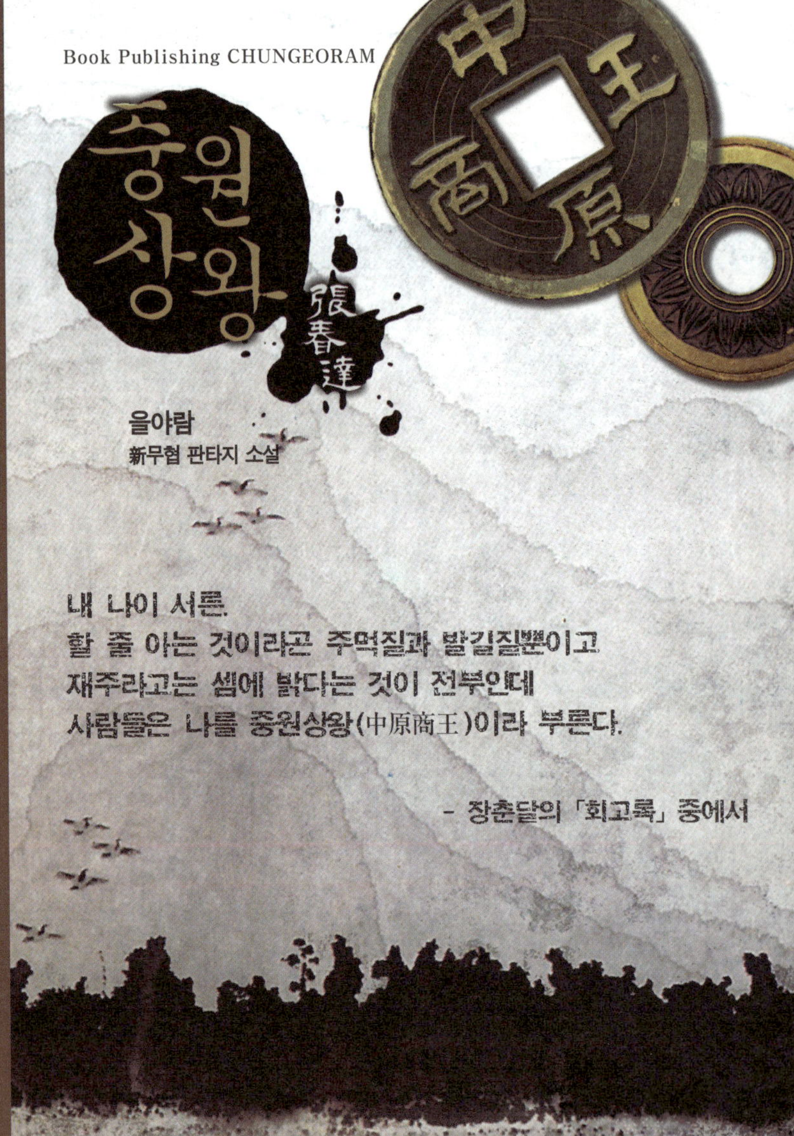

Book Publishing CHUNGEORAM
중원상왕
張春達
을야람
新무협 판타지 소설
中原商王
내 나이 서른.
할 줄 아는 것이라곤 주먹질과 발길질뿐이고
재주라고는 셈에 밝다는 것이 전부인데
사람들은 나를 중원상왕(中原商王)이라 부른다.
- 장춘달의 「회고록」 중에서
Book Publishing CHUNGEORAM
유행이 아닌 자유추구 -
www.chungeoram.com

이경영
판타지 장편 소설

가즈 나이트 R

Gods Knight R

이제는 그 전설조차 희미해진 옛 신계, 아스가르드.

그 멸망한 신계의 전사가 새로운 사명을 품고
다시금 인간들의 곁으로 내려온다.

렘런트라는 이름의 적들, 되살아나는 과거, 그리고 가치관의 차이.
그 모든 것들과 맞서 싸우려는 그녀 앞에 신은 단 한 사람의 전우를 내려준다.

그는 붉은 장발의, R의 이름을 가진 남자였다!

**초대작 「가즈 나이트」의 부활!
신의 전사들의 새로운 싸움이 지금 시작된다!**